TAKE
SHOBO

私の胸を大きくしてください!

断罪を避けようと頼ったら
隣国の皇子様に溺愛されました

秋桜ヒロロ

Illustration
みずきひわ

JN053726

蜜猫
MitsunekoF

contents

イラスト／みずきひわ

私の胸を大きくしてください！

断罪を避けようと頼ったら
隣国の皇子様に溺愛されました

第一章

磨き上げられた大理石の床に、天井に輝くシャンデリア。

柱にはいたるところに金があしらわれており、壁の一部にはこの国の神話が描かれている。

響き渡る管弦楽の音色は荘厳《そうごん》で、それでいて身体を軽やかにはねさせる力を持っていた。

ドレスを纏《まと》った花たちが男性のエスコートによって広い会場をくるくると舞う。

そんな華やかな夜会の会場に、ミレイユ・ディティエはいた。

彼女は極上の金糸を思わせるような艶《つや》のあるウェーブのかかった髪を背中に流し、エメラルド色の瞳で静かに会場を見つめている。

顔立ちは十六歳らしい幼さの残るものだったが、雰囲気からは気品が漂っていた。

正しく壁の花に徹しているミレイユを、妙齢の女性たちがチラチラ見ている。

彼女たちは、扇で口元を隠し何やら内緒話をしていた。

「ミレイユ様よ。相変わらずきれいな方ね」

「第一王子殿下と婚約間近と聞いたのですが、本当でしょうか？」

「でも、ミラー家のドロシー様も有力だって話じゃない？」

「どうかしら。あの方は華やかだけれど、品性に欠ける方だから――」

女性たちの会話を聞きながら、ミレイユはぎゅっと前に組んだ手を握りしめた。

そう、ミレイユはもうすぐこの国の第一王子――ヘンリーと婚約する。

まだ発表はしていないがそれはもう内々の決定事項であり、国王はじめ貴族の一部はその事実を知っていた。

（けれど――）

ヘンリーと婚約する前にミレイユは死ぬ。

それは、可能性の話ではなく、確定している未来の話だった。

少なくともミレイユにとっては――

軽快なカドリールに合わせて、女性たちがドレスを翻《ひるがえ》しながら男性の間を行き来する。

ミレイユはその曲が始まると同時に、かまぼこ型に切り取られた窓の側まで移動した。

そして、なにかをじっと待つ。

数十秒後、そこに一人の女性がやってきた。

年齢はミレイユの母親と変わらないぐらいだろうか。

女性は苦しそうに胸を押さえていた。

ミレイユはすぐさま女性に近寄り、今にも倒れてしまいそうな身体を支えた。

「大丈夫ですか？　エメリ夫人」

「え、ええ。少し気分が悪くなって……」

彼女は真っ青な顔でミレイユに身体を預けてくる。

ミレイユは近くにいる使用人を呼び止めると、すぐに医者を呼んでくるように頼んだ。

呼び止められた使用人はエメリ夫人の様子に気が付き、すぐさま医者を呼びに走る。

ミレイユはその背中を見送った後、夫人を壁際においてあるベンチに座らせた。

「ありがとう、ミレイユ」

額に浮かんだ汗をハンカチで拭うと、夫人は少しだけ血色の戻った顔でそうお礼を言った。

呼吸も落ち着いてきているし、おそらくこのまま休ませておけば彼女はもう大丈夫だろう。

そう思ったと同時に使用人が医者を連れて戻ってきた。

ミレイユはエメリ夫人を使用人に託すと、自身は会場の方へ戻る。

そして、安堵《あんど》の息をついた。

（よかった……）

ミレイユが声をかけて身体を支えなければ、エメリ夫人は先程彼女が壁の花になっていた場所のすぐ近くで倒れてしまっていた。そして、そのまま帰らぬ人になってしまう。

エメリ夫人が亡くなる原因は、倒れたときに頭を強く柱にぶつけてしまったからなのだが、どういうわけか夫人が転倒した原因を作ったのがミレイユだという噂《うわさ》が広まり、彼女は社交界から白い目で見られるようになってしまう。

もちろん事実ではないので罰せられることはないのだが、ミレイユの転落人生は間違いなくここから始まった。

もちろんこれは現在の人生の話ではない。一度目の人生の話だ。

そう、ミレイユはいま、人生をやり直しているのだ。

そしてこれは、三度目の人生である。

ミレイユがその事に気がついたのはちょうど一週間前。

朝、目が覚めると同時に膨大な記憶が頭の中に流れ込み、ミレイユは唐突に理解したのだ。

自分が人生をやり直している、と。

ミレイユだって、最初は信じられなかった。

いや、やり直していると頭では理解していたが、心のほうがついていかなかった。

蘇《よみがえ》った記憶はこれ以上ないほどに鮮明だったが、当初は自分の頭がおかしくなったのだと思っていたぐらいだ。

けれど、記憶通りに次々と現実が動くのを目の当たりにし、もう信じることしかできなくなった。無理矢理にでも納得するしかなくなった。

そして、それと同時に彼女は絶望した。

なぜなら、経てきた人生のどれもで、ミレイユはそこから一年以内に必ず非業の死を遂げるからである。

そして、二度目の人生で転落のきっかけとなったのが、先程阻止した夫人の死なのだ。

「ミレイユ様」

ミレイユは呼ばれた方を振り返った。

そこには先程こちらを見ながらうわさ話をしていた女性たちの姿がある。

彼女たちはわずかに頬《ほお》を赤らめながら、こちらに駆け足でやってきた。

そしてどこか興奮したようにミレイユに身を乗り出した。

「先ほどのこと、見ておりましたわ！　エメリ夫人の僅《わず》かな変化に気がつくだなんて、ミレイユ様は周りをよく見られておられるのですね」

「それに、助けるときの配慮も素晴らしかったですわ！　あそこで大きな声をあげられたら、夫人はきっと恥ずかしがっていたでしょうから」

「まるであそこでエメリ夫人が倒れるのが分かっていたかのように冷静でしたわ」

そんな褒め言葉たちに、ミレイユは曖昧《あいまい》な笑みを返した。

ミレイユだって破滅のフラグが折れたことは嬉《うれ》しい。

嬉しいが、実は根本的な解決になっていないのだ。

ミレイユが、非業の死を避けるためにはどうしても必要なものがある。

それは、彼女が二度の人生を経てきてようやく理解したものであり、唯一の頼みの綱《つな》だった。

それは、おっぱいである。

もう一度言おう。おっぱいである！

実は、ミレイユはどの人生でも婚約者である第一王子・ヘンリーに無実の罪を着せられて殺されてしまっていた。

ヘンリーがミレイユに無実の罪を着せるのは、侯爵令嬢であるドロシー・ミラーにそう指示されたからで、ヘンリーがそこまでドロシーに首ったけになってしまうのは、彼女の胸が原因だった。

端的に言うと、ドロシーは巨乳で、ヘンリーは極度の巨乳好きだったのである。

……ちなみに、ミレイユの胸は効果音で表すのならば、ストン、である。

それか、ペタン。もしくは、つるん、でもいいかもしれない。

幼い頃からあまり大きさの変わらない両方の乳房は、成長期を完全に忘れてしまっているかのごとくまな板だった。

いや、実はささやかながらに膨らんではいるのだが、ささやかすぎて服を着ていると全くわからなくなってしまうのだ。

世の中には『脱げばすごい』と言われる人たちもいるのに、ミレイユに至っては完全に『脱いでも残念』である。

別に、がっかりさせたいわけではないのだが、本当に申し訳ない限りである。

それに比べて、ドロシーの胸はぽよんぽよんだった。

たぷんたぷんで、メロン！　という感じだった。

凹凸《おうとつ》でいうならば凸の方であり、彼女は完全に『脱がなくてもすごい』側の女性だった。

そんな二人の女性を比べて、巨乳好きのヘンリーがどちらを選ぶかなどは火を見るよりも明らかだった。

そしてここで、先程の『足りない』話に戻るのである。

第一王子であるヘンリーの婚約者に、国王含め重鎮の貴族は皆ミレイユを支持した。

それは彼女が古くから国に尽くしているディティエ家の令嬢であるということと、ミレイユ自身の素質が大きい。というか、ミレイユは幼い頃からヘンリーの婚約者になるようにと育てられてきたので、妃《きさき》教育含め、その辺の下準備ももうすでに終わらせているのだ。

対してドロシーは、あまり良い噂の聞かないミラー家の令嬢で、彼女自身の素行もあまりいいとはいえなかった。

別に女性の純潔が尊ばれているお国柄ではないが、毎日のように朝帰りしているという噂にはさすがに国王も眉を寄せていたし、サロンと称して開かれた賭博場に入り浸っているという噂はあっという間に社交界を駆け抜けた。

素質に関してもマナーがなっていないとまではいかないが、手順や様式を尊ばない彼女の姿勢を嫌がるものは多い。

しかしながら、ヘンリーはペタンなミレイユよりも、ぽよんなドロシーの方を気に入っており、国王や貴族の重鎮がミレイユを婚約者に……と推しているにもかかわらず、まだ二人は正式な婚約には至っていなかったのである。

つまり、相思相愛であるヘンリーとドロシーから見れば、ミレイユはおじゃま虫以外の何物でもない。

幸いなのが、ヘンリーは別にドロシーの性格や胸以外の容姿を気に入っているわけではないということだった。

これは一度目の人生の話にはなるのだが、ヘンリーはミレイユに向かって「君の胸がもう少し大きければな……」と切なそうに言ったことがあった。

その時のヘンリーはドロシーに服や宝石などを貢がされており、それが国王にバレて大目玉を食らった直後だった。「君の胸が大きかったら、僕はドロシーなんかには……!」と苦悩するヘンリーを心底おバカさんだと思ったし、将来彼がこの国を背負うのかと考えたら、少し薄ら寒くなった。

しかし、ミレイユはそんなお馬鹿さんな彼に選んでもらわなければ生き残れないのだ。

(今日は三枚重ねだから、なんとなくつけ心地が悪いわね……)

ミレイユは目の前の女性たちの会話に、適当に相槌《あいづち》をつきながら身を捩《よじ》った。

三枚重ねているのは、もちろん胸の大きさを補正するためのものだ。

パッドというやつである。

ドレスと下着の間に綿で作った楕円状《だえんじょう》のものを三枚ずつ。計六枚仕込んでいる。

胸を大きくする! と決意はしたものの、すぐには胸は大きくならないので(というか、この胸が成長するのかも甚だ疑問だが）とりあえず、そっと胸にパッドを潜ませてきたのだ。

今日の夜会にはヘンリーも来る予定なので、そこでこの胸の大きさを見せつける予定である。

（これで私もメロンの称号を得て、ぼん、きゅっ、ぼん、の仲間入りよ！）

ミレイユがそんなことを思っていると、話していた女性の一人が「あら」と声を上げた。

彼女の顔はミレイユたちの足元に向いている。

女性の視線をたどるようにミレイユは床を見た。そして絶句する。

そこにあったのは、ミレイユのパッドだった。

ピンク色の可愛《かわい》らしいフリルの付いたやつ。六枚の中の一枚。

ミレイユは胸元を確かめる。

確かにここに来たときよりも胸のボリュームが落ちている。

わざわざこの日のために新調したドレスの胸元にも妙な皺《しわ》が寄っていた。

なにも知らない女性が、ミレイユの胸の六分の一を拾い上げ、しげしげと見つめた。

「なんでしょうか、これ？」

「小さな、枕？」

「みて。あそこにも落ちてるわ」

「え⁉」

思わずひっくり返った声を上げて、そちらの方を見てしまう。

すると、ミレイユが歩いてきた軌跡をたどるようにパッドがぽつぽつと落ちていた。

それはまるで、とある童話の兄妹が落としたパンくずのようにも見えた。

「何かしら、これ」

「もしかしてこれって――」

「私が使用人の方に渡しておきますわ」

答えに至りそうな女性の発言を遮り、ミレイユは女性からパッドをもぎ取った。

「それでは、少し失礼しますね」

ミレイユは焦りをひた隠し、にこやかな笑みを浮かべつつ、そう言った。

◆◇◆

「やっぱりこのままじゃ、死んじゃうわね……」

ミレイユは鏡に映った自身を見つめながらそうこぼした。

場所は急遽《きゅうきょ》用意してもらったホール近くのサロン。

落ちていた六枚全てをもとに戻した彼女の胸は元通りの大きさに戻っていた。

しかし、いつまでもこの補正道具に頼るわけにはいかない。

今後、先程のようなことがあっても困るし、どうせヘンリーと結婚するという運びになれば、すべてがバレてしまうだろうからだ。

そう、さすがに初夜はパッドをつけられない。

万が一つけて挑んだとして、すべてが詳《つまび》らかになればさすがにヘンリーは気がついてしまうだろうし、「この嘘《うそ》つき！」と泣かれてしまってもこまる。

やはり、ミレイユは自分の胸を大きくするしかないのだ。

こんなもの《パッド》に頼ることなく、己のつるんをたわわに実らせなくてはいけない。

「でも、どうやって……」

そんなふうにつぶやきながら、ミレイユはサロンの外に出る。そろそろ戻らないとヘンリーが会場にやってきてしまうだろう。

ヘンリーも人目を気にしてか、最初のダンスにはミレイユを誘う。

別に彼とのダンスなど惜しくはないが、対外的に婚約者筆頭だと見せつけることができる機会を自ら手放すつもりは毛頭なかった。

ミレイユは少しだけ急いで廊下を歩く。

そして、最後の曲がり道を曲がった瞬間だった。

「あぶっ！」

ミレイユは唐突に壁にぶつかった。

その壁は黒くて、温かくて、少しだけ柔らかくて、そして大きかった。

彼女はその場でたたらを踏み、身体をよろけさせた。

すると壁から腕が伸びてきてミレイユの細い腰を掴《つか》んで彼女を支えた。

「すみません。大丈夫ですか？」

低くてお腹《なか》の中をくすぐられるような優しい声だった。

その声に顔を上げると、そこにはこちらを見下ろす男性がいた。

ミレイユはこの時初めて自分がぶつかったのが壁ではなく人だと理解した。

壁だと思ってしまったのは、その身長差故にだ。

一四〇センチ後半という、お世辞にも大きいとは言えないミレイユに対して、彼は一九〇センチ以上はありそうな大きな体躯《たいく》をしている。

鍛えているのか胸板も分厚く、肩幅も広い。

身体の大きさも相まって軍人のように見えるのに、身にまとっている服は高位の貴族然とした華やかさがあった。

ミレイユの腰を掴んでいるその所作からも気品が感じられるし、きっと彼も夜会の招待客なのだろうと思う。

（でもこの方、どこの誰かしら……？）

国中の人間を把握している……というわけではもちろんないが、ミレイユは貴族の男性をほとんど全員把握していた。

その中でも高位の貴族——王宮の夜会に呼ばれる人間の顔は特に注意深く覚えている。

しかし、ミレイユの頭の中にあるリストの中に目の前の男性はいなかった。

こんなに大きくて目立つ存在、一度会ったら忘れるはずがないのに——

「あ……」

そこで小さくそんな声を上げてしまったのは、彼のことを知らないはずなのに、どこかで会ったことがあるような気がしたからだ。

ミレイユは目の前の男性を知っている。その顔に見覚えがあるのだ。

しかし、どこで会ったのかは全く思い出せないし、名前などもわからない。

（一体どこで——）

そう思った時、ミレイユはその視線に気がついた。

ミレイユが再び顔を上げると、男性がこちらを見て固まっている。彼の切れ長の目はこれでもかと見開かれており、黒色の中に光るルビー色まではっきりと見て取ることができた。

絡んだ視線がなんだか恥ずかしくて、ミレイユは慌てて彼から視線をそらした。

そして男性から距離を取ると、赤らんだ頬をごまかすように「先程は助けていただいて、ありがとうございます」と頭を下げた。そして、そのままの状態で足を一歩踏み出した。

「えっと。それでは私、急いでいますので」

「君は――」

瞬間、手首を取られた。

きっと男性としては強く引いたつもりはなかったのだろう。

けれど、男女としての力の差や体格的な差故に、ミレイユはたたらを踏んで彼の方に倒れ込んでしまう。そんな彼女の華奢《きゃしゃ》な身体を男性は後ろから抱きとめた。

「へ？　あの。えっと……」

たくましい腕に抱かれて、ミレイユの頭は沸騰《ふっとう》しそうになる。

目の前がぐるぐるとまわりだすかのような感覚にも襲われた。

その時、不意に男性のつけているコロンの香りが鼻腔《びこう》をかすめた。

柑橘系《かんきつけい》の爽やかな香りの中に潜む、脳髄を刺激する甘い香り。

その香りに、ミレイユの心臓が大きく一つ高鳴った。

ミレイユは今まで男性とこんなふうに触れ合ったことはなかった。

ヘンリーとだってこんなに身体をくっつけたことはない。

幼い頃に手を握ったことはあったかもしれないが、それぐらいだ。

「すまない。どこかで会ったことがなかっただろうか」

台詞《せりふ》だけを聞くなら、それは口説き文句だった。

しかし、つむじに落ちてきたのは男性が女性を口説く際の軟派な声色ではない。

彼は至って真剣にミレイユに疑問をぶつけていた。

「えっと……」

なんと答えるのが正解かわからず、ミレイユは頬を赤らめたまま視線を彷徨《さまよ》わせた。

全く記憶がないのに「会ったことがあります」と言うのもおかしな話だし、「身に覚えがありません」と嘘をつくのはもっともっとおかしい気がした。

ミレイユの反応をどうとったのか、彼はしばらく黙ったあと「急いでいるのにすまなかった」と、彼女を解放した。

離れていく体温にいいようのない寂しさを感じて、そんな自分の感覚に、遅れて恥ずかしさまでこみ上げた。

「君の名前を教えてくれないか？」

「あ、あの。私——」

ミレイユが答えようとした瞬間、彼女の耳がホールから流れる音楽を拾った。

そして、それに伴う歓声も。ミレイユはそれらの音に顔をはっと顔を跳ね上げると、「しまった」とつぶやいた。

「あ、おい！」

男性の制止を振り切り、ミレイユはホールに走る。

荒い呼吸を整えることなく彼女はホールに通じる扉を開けた。

――そして、絶望した。

ヘンリーがホールの中心でダンスを踊っていた。

そんな彼の傍《かたわ》らで微笑《ほほえ》んでいるのは、たわわに実ったメロ――ではなく、ドロシーである。

彼女は大きく胸の空いたドレスを着て、会場の中心で笑みを浮かべていた。

時折、そのたわわをヘンリーの腕にわざとらしく押し付けているのが見て取れる。

そのたびにヘンリーはデレデレと鼻の下を伸ばし、口元をニヤけさせていた。

ドロシーが跳ねるたびに胸がドレスから飛び出さんとばかりにぽよんぽよんと揺れた。

それを見つめるヘンリーの顔もゆらゆらと上下に揺れる。

お馬鹿な光景だと思った。

確かに、誰もが認めるお馬鹿な光景だったが、その効果は抜群だった。

「やっぱりドロシー様がヘンリー様の婚約者になられるのかしら」

「たしかにあの方が王妃になられたら貴族間の風通しも良くなりそうよね」

「そうね。ドロシー様は古い考えに囚《とら》われない方だから」

先程までミレイユを褒めそやしていた女性たちが、ドロシーとヘンリーを見ながらそんな感想を漏らす。

周りの人たちも感想は一緒のようで、ホールの中心と息を切らしたミレイユをチラチラと見比べていた。

ミレイユはそれらの視線を受けながら頭の中で、ギギギ、と錆《さ》びた金属が動く音を聞いた。

それは天秤《てんびん》が動いた音だった。

今まではミレイユの方に傾いていた婚約者という名の天秤が、瞬間、わずかにドロシー側にも傾いたのだ。

二人を見つめていると、不意にドロシーと目があった。

彼女は大きく目を見開いてミレイユを見た後、『遅かったわね』というように目を細めた。

そのほほえみは勝利の笑みにも見えた。

きっとドロシーはミレイユが会場から出ていくのを見ていたに違いない。

そこにタイミング悪くヘンリーが現れ、ドロシーはひらめいた。

この隙にヘンリーとの最初のダンスをもらってしまおう、と。

ヘンリーは人目を気にしていつもミレイユを一番に誘ってくれるが、まだ二人は正式に婚約したわけではないのだから、本来ならば誰と一番に踊っても良いのだ。

そこから先は、見ていなくてもどうなったかは分かった。

ドロシーはその大きな胸をヘンリーの腕に押し付けてこう願ったのだろう。

『殿下。ミレイユ様もいないことですし、私と最初に踊ってくださいませんか？』

と。


ドロシーの胸がたぽんたぽんと上下に揺れる。

ヘンリーの頭が壊れた人形のように、その動きに合わせてがくんがくんと揺れる。


まずい。これはまずい。

早くなんとかしなければ――！

頭の中に蘇るのは、丸い会場の中心に置かれた断頭台。

もしかして、今世でもミレイユはあそこに連れて行かれてしまうのだろうか。

嫌だ。そんなのは絶対に嫌だ。

「なんとかして、胸を大きくしなくっちゃ――――！」

ミレイユは自身の胸に手を当てながら、誰にも聞かれないように小さくつぶやいた。

◆◇◆

「そんなもの、殿方に大きくしてもらえば良いじゃない！」

夜会の翌日。

お茶を飲みに来た友人――ジュディ・モーガンにミレイユはそんなアドバイスを受けた。

ジュディは王都にあるモーガン商会の一人娘だ。

爵位を与えられていないので彼女は貴族ではないのだが、モーガン商会はこの国で一番儲《もう》かっていると言われる商会で、そうだからか彼女の姿はそこら辺の貴族よりも貴族然としている。

ウェーブのかかった真っ黒い髪に、まっすぐに切られた前髪が特徴のジュディは、ドレス含めて全体的に真っ黒な姿をしている。

しかし、彼女の話し方はそのダークさからは考えられないような明るいものだった。

先程の台詞にミレイユが「殿方に？」と怪訝《けげん》な声を出す。

すると、彼女は自身の胸に手を当てながら快活な声を出した。

「胸を大きくするのならば、それが定番でしょう？　ドロシー様はあれだけれど、ミレイユはもっと遊べば良いと思うのよねー」

「遊ぶって、男性と遊んでいたら胸が大きくなるの？」

「そうなのね！　遊べば遊んだ分だけ胸が大きくなるわよ」

「そうなのね。遊ぶって、カードゲームで良いかしら？　私、あまり男性がするような遊びって、よくわからなくて……」

「……それ、本気で言ってる？」

先程までニコニコとしていたジュディが急に真顔になる。その後「まぁ、ミレイユだものね……」妙に納得したような声を出した。なんのことか全くわからないが、馬鹿にされたことだけはしっかりと伝わってきた。

「でも、ミレイユが容姿のことで悩んでいるとは思わなかったわ」

「そう？」

「そうよ。社交界で『妖精』とまで言われる貴女《あなた》が、そういうことで困っているだなんて、誰も思わないわよ」

そう、ミレイユは社交界で『妖精』と呼ばれていた。

それはもちろん彼女から広めた噂ではなく、自然発生したものだ。

原因は、彼女の整いすぎている容姿と、小さな身体。

それと、この国では珍しいエメラルド色の瞳だろう。

兄の言いつけどおりにあまり人前でペラペラと喋《しゃべ》らないようにしているのも、彼女のミステリアスな雰囲気を作っているのかもしれない。

「でも、確かに胸はないわね」

ぐさ、とジュディがミレイユの心臓を刺した。いや、胸をえぐった。

しかしながら、そう言うジュディだって見る限り胸はない。

ミレイユよりはありそうだが、それでも人のことを『ない』と言えるほど彼女は『ある』ようには見えないのだ。

そんなミレイユの気持ちが透けていたのか、ジュディは「まぁ、私もある方ではないのだけれど」と言葉を付け足した。

「いっそのこと、ドロシー様に秘訣《ひけつ》を聞いてきたらどうかしら?」

「胸を大きくする秘訣を？　聞いてもいいけれど、きっと素直に教えてはくれないわよ」

「まぁ、ドロシー様とミレイユの仲だものね」

「違うわ。ミラー家とディティエ家の仲だからよ」

ミレイユは、はぁ、とため息をつく。

ドロシーとミレイユは、一見、ヘンリーという一人の男を取り合うライバル同士だが、実は、ミレイユはドロシーとあまり個人的な会話をしたことがないのである。

個人的な会話を交わす前にライバル同士となり、絶対に負けられない相手となった。

だからミレイユはドロシーがどんな人間なのか正確には把握していないのだ。

実は、ドロシーのいるミラー家と、ミレイユのディティエ家は、昔からあまり仲が良くない。というか言葉を選ばすに言うのならば、険悪である。

二人の父親が学友だった頃から性根が合わなかったそうなのだが、大人になってその溝は埋まるどころかどんどん広くなっていった。

おまけにミラー家は、戦争賛成を掲げている強硬派の一員であり、戦争反対を掲げているディティエ家とは思考も思想も合わないのである。

(けど、胸の大きな人にアドバイスを貰《もら》うっていうのはいい方法ね)

ドロシーはないとして、ミレイユよりも胸の大きな人はたくさんいる。

その人達《たち》に教えを請うのは、いいアイディアだろう。

「それよりも、どうだったの？　帝国の皇子様は！」

ジュディに興味津々にそう聞かれ、ミレイユは「へ？」と変な声をだした。

「皇子？」

「いたでしょう？　昨日の夜会に！　先日から王宮の方に泊まっているはずよ。父が身の回りの物とかを売りに行っていたはずだから」

いた……のだろうか。ミレイユは首をひねって必死に招待客の顔を思い出してみる。

しかし、思い出すどの顔も見覚えがあるものばかりだ。

帝国の皇子なんて人物は――

そこまで考えてハッとした。いたではないか、一人だけ見覚えのない人が。

「その人の名前って、なんていうの？」

そう聞いてしまったのは、結局彼の名前を聞いてないと思ったからだ。

あの時、お互いに名前を名乗る雰囲気だったのに、ミレイユはホールの方に走って行ってしまった。

あれから彼のことを探せばよかったのだが、ヘンリーとドロシーが一緒に踊っていたという衝撃が強く、その時はそこまで思い至らなかったのだ。

「名前？　確か、ジル・ラグランジュって――」

「ジル⁉」

ミレイユは思わず大きな声を出してしまう。

なぜならそこでミレイユは思い出したからだ。彼と出会った日のことを。

いや正確には、彼と出会った人生のことを――


ジルと出会ったのは、一度目の人生の終わりだった。その人生ではドロシーに王妃の毒殺を企《たくら》んだことにされ、ミレイユは処刑を待つ身だった。

暗い地下牢で、ミレイユは絶望を顔に貼り付けてじっと身を固くしていた。

あと一時間後には断頭台に連れて行かれるというところで彼はやって来た。

『大丈夫か？』

その低い声に顔を上げると、フードを目深にかぶった長身の男性が立っていた。

ミレイユが声を上げることもなく見上げていると、彼の表情は痛ましいものを見るようなものになった。

彼はその場に膝をつきミレイユのことを覗《のぞ》き込《こ》む。

そして、優しい声を出した。

『鍵を開けるから、とりあえず逃げろ。君が逃げている間に、俺が君の無実を証明してやる』

『……どうして？』

その『どうして』にはいろんな意味が含まれていた。

どうして、こんなところに居るの？

どうして、助けてくれるの？

どうして、私の無実を信じてくれているの？

最後には父も母も兄でさえも、ミレイユのことを信じてくれなかったのに……

彼女のそんな疑問に、彼はこの上なく優しい声を出した。

『君がそんなことをする人じゃないことは、見ていたから知っている。俺は、ドロシーとかいうあの女が、ヘンリーと結婚してもらっては困るんだ。……さ、早くしないと、番の者が目を覚ましてしまう』

そう言って、彼は牢屋《ろうや》から出るようにと、ミレイユの手を引いてくれた。

その後、彼がどうなったのかはわからない。

彼がミレイユを逃がしたことは、きっとすぐに詳らかになるだろうから、もしかするとある程度の罰は負ったのかもしれない。

けれど、ミレイユはそれを知る前に死んでしまった。

逃げるときに乗り込んだ馬車の馬が暴走してしまい、そのまま谷底に落ちてしまったからだ。

二度目の人生は、ミレイユの方から彼を探した。

一度目の人生の終わりに『見ていた』と言っていたから、彼はきっと近くにいた人なんだろうなと思ったのだ。

　この時はただただ味方が欲しかった。

　人生をやり直すなんて初めてで、混乱していたのもあり、いろいろなことが不安だったのだ。

　だから、王宮で彼を見つけたときは本当に嬉しかった。

　ミレイユはそこで初めて彼の名前と身分を知ることとなった。

　それからミレイユは彼と仲良くなった。

　いけないのかもしれないが、ミレイユはまるで彼と友人になったような気持ちになっていた。

　観劇にも夜会にも何度も二人で一緒に行ったたし、晴れた日にはピクニックをし、風が気持ちいい日には馬に乗せてもらった。

　国王の六十回目の誕生日を祝うために隣の帝国から来たというジルは、常に穏やかで優しかった。身体は大きくて黙っていると威圧感がすごいのに、一度口を開けばミレイユに都合の良い甘い言葉ばかりを吐いてくれるのだ。

　一度目の人生とは比べ物にならないほどの穏やかな時間が流れていた。

　でもだからこそいけなかったのかもしれない。

　きっとこれを人は平和ボケというのだ。

　気がつけばミレイユは、ドロシーと彼女の傀儡《かいらい》になってしまったヘンリーに、泥棒に仕立て上げられていた。

振り返れば、少し前からおかしいなと思っていたのだ。

仲良くしていた令嬢が急に話しかけてこなくなり、こそこそと噂話をされるようになった。よそよそしくなった彼女たちにどこか警戒しているような目を向けられ、目の前であからさまに物を遠ざけられるような事もあった。

後から知ったことだが、この時のミレイユは、令嬢たちからブローチやら貴金属やらを盗み、質屋に売る人間だと思われていたらしい。

実際にはきっとドロシーが窃盗をしていたのだろうが、彼女のたくみな情報操作により、誰も彼もがミレイユが犯人だと思い込んでいた。

『ミレイユ様、もう諦めて罪を認めたらどうですか？』

『わ、私はやっていないわ！』

この人生で、ミレイユは初めてドロシーに反抗した。

お茶会で突然始まった断罪ショーに彼女は反論したのだ。

いつも言われてばかり、流されてばかりだったミレイユが、突如反論してきたことにドロシーは驚いていたが、結果的にはそれがよくなかった。

最初に突き飛ばしてきたのはドロシーだった。

それに対抗するようにミレイユはドロシーを押し返した。

すると、大した力で押したわけでもないのに、ドロシーは大げさに悲鳴を上げて、派手にこけて見せたのだ。それも、大勢の人間が見ている目の前で――

『ひどいですわ。ミレイユ様！　意見が合わないからって暴力をふるわれるだなんて！』

手で押さえて口元に笑みを浮かべながらドロシーが悲痛な声を出す。

結局ミレイユは、ドロシーが用意した諸々《もろもろ》の身に覚えのない罪をすべて背負って投獄されてしまった。

彼女がそんなことをしていないのはヘンリーも知っていたが、ドロシーのために彼は見て見ぬふりをした。

結局、ミレイユは『腕を切り落とすか、首を切り落とすか、選べ』と言われ、首を選択した。

もう、疲れていたのだ。疲れていた。

ジルが最後までなにか叫んでいたような気もするが、それが届くことはなかった。


（なんで忘れていたんだろう……）

ミレイユは蘇ってきた記憶に頭を抱えた。

一度目の人生ではもちろんのこと、二度目の人生でもたくさん世話になった人なのに。

ジルという名前を聞くまでミレイユは彼のことを思い出さなかった。

いや、違和感はあったのだ。

彼とこの人生で初めて出会った時、ミレイユは確かに彼の顔に見覚えを感じていた。

ミレイユは立ち上がる。それを見て、ジュディが「どうしたの？」と目を丸くした。

「会いに行かなくっちゃ！」

まるで使命のように言ったが、感情としては願望だった。

ジルに会いたかった。猛烈に会って話がしたかった。

この人生での彼をミレイユはまだよく知らないが、それでもどうしても彼に会って話をしたかったのだ。

それに、ジルはミレイユに協力してくれるかもしれない。

頭がおかしくなった、なんて思われたくないから、やり直していることは言わないが、早いうちに協力を得られれば未来も変わる可能性がある。

「ジュディは自由にくつろいでいて。私はちょっと行ってくるから！」

「え⁉　どこに？」

「王宮！」

端的にそう言ったあと、ミレイユは使用人に馬車を用意するように指示を出した。

◆◇◆

ミレイユはヘンリーの婚約者筆頭ということで、こういうときに王宮に入るのが顔パスなのが地味にありがたい。

色とりどりの花が咲き誇る王宮の庭園で、ミレイユはそうあたりを見回した。

「どこにいるのかしら……」

と言っても、まだ王族の一員ではないので城の奥——王族のプライベートルームなどには立ち入ることができないのだが、それはきっとジルも一緒だろうから関係なかった。

前回の人生では、噴水の前で本を読んでいるジルと遭遇したので、今回も一番にそこへ行ってみたのだが、残念なことに噴水のまわりには誰もいなかった。

前回の人生とはそもそも赴《おもむ》いた日時が違うのだから、当然といえば当然だが、ミレイユは密《ひそ》かに落胆した。

王宮の庭園は大小合わせて四つある。

その中の一つは王妃専用の庭園なので、ジルはそこに居ることはないだろう。

つまり、残りは三つだ。しかし、とんでもなく広い三つである。

普通に回っていたら一日掛けても終わらないだろう広さに、ミレイユは庭園を見回しながら、ため息をついた。

しかも、ジルが庭園にいないという可能性も十分にあるのだ。

「もしかして、前回の人生はものすごくついていたのかもしれないわね」

多少は探したとはいえ、王宮で彼に再会することができたのは、ほんとうについていた。

しかもその時、ミレイユは彼が王宮にいるとは全く予想していなかったのだ。

彼とはヘンリーに呼び出されたときに偶然出会ったのである。

ミレイユは一つ目の庭園を三時間ほどかけて注意深く回った後、二つ目の庭園に入る。

一つ目の庭園が一番小さいので三時間で済んだが、ここからはきっともう少し時間がかかるだろう。

だだっ広いだけの広場ならいざ知らず、迷路のように複雑に入り組んでいたり、覗き込まないといけない回廊などがたくさんあるからだ。

途方のなさに、ミレイユがため息をついたその時だった。

その時、不意に人の声が聞こえてきた。

ミレイユが顔をそちらに向けると、どこかで見たことのある背中を見つけた。

（ジル様だわ！）

再び落ちてきた幸運に、ミレイユはジルの背中に駆け寄ろうとした。

しかし、彼女の足は途中で止まってしまう。

なぜなら、ジルが誰かと話していたからだ。

それもこの上なく真剣な表情で。先程聞いたジルの声は、きっと彼との話し声だろう。

ジルが話しているのもおそらく帝国の人間だろうと思われた。

着ている服のデザインがこの国のものとは少し違うし、なんだか彼も身長が大きい。

もしかするとジルが特別大きいのではなく、帝国の人間はみんなこんなふうに大きいのかもしれない。

（聞かないほうが良い、わよね）

なにを話しているのかはわからないが、きっと聞かれたくない話なのだろうということは想像できた。だって、こんな庭園の隅に隠れるようにして話しているのだ。

こういうことにあまり聡《さと》くないミレイユだって、そのぐらいのことは想像ができた。

（あとでまた話しかけましょう）

ジルがここにいることはわかったのだ。

話が終わったタイミングで偶然を装って話しかけるのがベストだろう。

そう思い、ミレイユは身を翻した。

そうして数歩彼から遠ざかる、その時だった。

「――すまない！」

その声が自分にかけられたものだと気がついたのは、誰かに手を握られたからだ。

振り返ると、そこにはジルがいた。

彼は真剣な表情でミレイユを見つめている。

急いで追いかけてくれたのか、彼の呼吸は少し荒くなっていた。

「君は、昨晩の――」

「あ、あの！　ミレイユ・ディティエです！」

名乗ったのは、昨晩名前を聞かれたのを覚えていたからだ。

しかし、目の前の彼から飛び出したのは予想外の一言だった。

「もう知ってる」

「へ？」

「調べさせたからな」

ミレイユは目を瞬かせたあと「調べさせた？」とジルの言葉をオウムのように繰り返した。

どうしてジルがミレイユのことを調べるのだろうか。

もしかして、昨晩ぶつかったときになにか粗相《そそう》をしてしまったのではないだろうか。

そのことを抗議するために、ジルはミレイユのことを調べていたのだろうか。

もし本当にそうなら、ミレイユとジルの友情は絶望的だ。

(前の人生のときのようにジル様と仲良くなることは——)

ミレイユがそう顔を青くしていると、またまたジルの方から予想外の言葉が飛んでくる。

「君に渡したいものがあったんだ」

「え。………………渡したいもの？」

「あぁ」

そう言って彼がポケットから取り出したのは、丁寧にハンカチに包まれていた胸の矯正アクセサリー——パッドだった。

昨晩仕込んでいた六分の一を彼は手のひらに乗せてこちらに差し出してくる。

「これ、君のものだろう？」

「えっと。そう、ですね」

「よかった。君が走り去っていったあとに落ちていたから間違いないとは思ったんだが……」

「あ、ありがとうございます」

差し出されたパッドを手に取ると、彼がずっと持っていてくれたのだろうか、少しだけ温かかった。

胸に当てるものに彼の体温が残っているという事実に、ミレイユはなぜだか頬が熱くなる。

「ちなみに、なにに使うものなんだ？」

「なにに？」

「最初は小さめのハンカチかと思ったんだが、中に綿が入っているから、違うんだろう？」

「そうですね。ハンカチでは、ないですね」

咄嗟《とっさ》にいい嘘が思いつかなくて、ミレイユの視線は虚空を彷徨った。

というか、そもそも嘘をつく必要はあるのだろうか。

生き残るためにジルに協力を仰ぐのならば、できるだけのことは詳《つまび》らかにしておいたほうが良いのではないのだろうか。

人生のやり直しをしているということは言っても信じてもらえないだろうが、胸が小さくて、悩んでいることぐらいは言っても良い気がする。

いや、もちろん恥ずかしいのでできるだけ言いたくはないのだが。

「あの、これの使い方は――」

意を決してそう言った時、ミレイユの目にあるものが止まった。

それはジルの胸である。

昨晩も大きいと思っていたが、改めてみるとすごく大きい。というか、分厚い。

昨晩は盛装の分厚い生地に覆われていて、身体の大きな人、という感じだったが、今日はシャツ一枚なので、彼の胸筋の張り具合がこれでもかと伝わってくる。

もちろん女性的な意味で胸が前に突き出ているわけではないのだが、筋肉で盛り上がった彼の胸はミレイユのそれより明らかに大きかった。

「どうかしたか？」

彼女の視線に気が付いてか、ジルがそう問いかけてくる。

「さ、触ってもいいでしょうか？」

「は？」

「胸を触っても、いいでしょうか？」

自分でも馬鹿な問いかけをしていると思った。

こんなのただの痴女ではないか。

しかし彼は一瞬だけ困惑の表情を浮かべたあと「触ってもなにも面白くないと思うが……」と許可をくれた。

ミレイユはおずおずと彼の胸に手のひらを乗せる。

すると、ミレイユよりも高い体温が手からじんわりと伝わってくる。

瞬間、自分がすごくいけないことをしているような気分になり、頬が赤らんだ。

ミレイユは彼の胸（板）を軽く押す。不思議な感触だった。硬いし、柔らかい。

これはすごい。

なんだかよくわからないが、すごいものを触っている気がする！

もしかすると、これがおっぱいの究極型なのかもしれない！

「いいなぁ……」

「いいなぁ？」

思わず漏れてしまった本音に、ジルが反応する。

ミレイユは慌てて言葉を重ねた。

「あ、いえ！　ちょっと、その、羨ましいなぁと思いまして」

「羨ましい？　この身体が？」

「胸が？」

「胸……？」

言葉を重ねれば重ねるほど、心底意味がわからないという顔をされる。

ミレイユはそんな彼の様子を無視して、胸を触り続ける。

さわさわ、さわさわ。

途中で硬いものに指先が当たり、ジルが「うっ」と小さく呻《うめ》いたが、それで止められるというわけではなかったので、彼女は気にせず胸をさわさわした。さわさわ。

ミレイユは変わらず手を動かしながら、質問を向けた。

「このような胸になるためにはやはりコツがいるんでしょうか？」

「コツ、というか、そうだな。鍛える必要はあるが……」

「鍛える……？」

「ある程度鍛えればみんなこのぐらいにはなると思うぞ」

その時、昼間に聞いたジュディの言葉が、突然頭の中に蘇ってきた。

『そんなもの、殿方に大きくしてもらえば良いじゃない！』

なるほど。つまりはそう言うことかと、ミレイユは心のなかでジュディの言葉をようやく飲み込んだ。

女性で胸が大きな人は、母親が大きかったり、姉妹が大きかったりして、遺伝的な要因が強く思えるが、彼ら男性は違う。もともと張り出すような胸がないという性別故に、胸がある人は並々ならぬ努力をしているのだ。

つまり、そういう人に教えを請えば、ミレイユのような遺伝子的レベルでのちっぱいでも、胸を大きくできるということだ。

ミレイユはジルの両手をぐっと握りしめた。

「一生のお願いです。ジル様、私の胸を大きくしてください！」

正しい『一生のお願い』に、ジルは「はぁ？」と困惑の表情を浮かべた。

◆◇◆

夢にまで見る、愛《いと》おしい少女がいる。

正確には、夢でしか会えない愛おしい少女がいる。


ヴァンタン帝国の第三皇子、ジル・ラグランジュが、リオン王国に来た目的。

それは、対外的には『国王の六〇回目の誕生日を祝う』というものだったが、本当はただの花嫁探しだった。

ヴァンタン帝国はここ一〇〇年の間に、急速に大きくなった国だ。

元は国と国の間に挟まれるようにあった小さな国だったのだが、攻めてきた隣国を返り討ちにしたことをきっかけに、急速に国土を増やし始め、たった一〇〇年の間にどの国からも一目置かれるような大国になった。

しかし、まださらに国土を増やそうとする貴族たちが隣国で小競り合いを起こしたり、急速に大きくなった影響か内乱は絶えず、外も内も常に争いが絶えない国であった。

ジルの父親が皇帝になるまで、そんな状態はずっと続いていた。

ジルの父親――現皇帝は戦争反対を唱える人間だった。彼は皇帝になると、議会にいる強硬派の貴族たちを一新し、穏健派の貴族たちで周りを固めた。

こうして、ヴァンタン帝国は一〇〇年ぶりの安寧を手に入れたのである。

しかしながらそんなヴァンタン帝国に影を落とす国があった。

それが隣国のリオン王国である。

彼の国は現在、戦争とは無縁のように見えるが、それも今代まではではないかと言われていた。

その理由は、第一王子のヘンリーの存在だった。

彼は良く言えば、人の意見を取り入れることが上手で、悪く言えば人に流されやすい人間だった。

彼が将来国王を引き継ぐとして、もし重鎮の中に戦争を画策するものがいたとしたら。

その人間がヘンリーに深く取り入ってしまったら。

もしかすると彼らはこちらに戦争を仕掛けてくるかもしれない。

二つの国は大きく、戦争という話になればその影響は互いの国だけにはとどまらず周りの国へと波及していくだろう。皇帝はそのことを懸念していた。

『リオン王国の王族と恋に落ちてこい』

ジルが皇帝からそんな命令を受けたのは、半年ほど前のこと。

『王族の娘が無理なら、できるだけ王族の血が入っていて、リオン王国の中で重要度の高いところの家の娘を連れ帰ってこい』

皇帝の言葉を訳すと、『リオン王国がうちに手出しができないように人質を連れ帰ってこい』ということだった。

ジルの二人の兄たちはもう結婚をしており、独身なのは彼だけ。しかも、彼の皇位継承権は三番目なので、万が一、長兄に何があっても彼が皇位に付くことはない。

従って、他所《よそ》の国の女を連れ帰っても、王族の直系に血は混じらない。

皇帝の命令はそういった思惑を全部含んでいるものだった。

ジルはその命令に従った。反対する理由は見当たらなかった。

皇帝が言うこともわかる上に、彼は戦争が嫌いだった。

前皇帝――彼の祖父の時代にジルは何度か戦地に赴いたことがある。

実際に敵と剣を交えたこともあるし、昨晩まで一緒に酒を酌み交わしていた友人を腕の中で看取《みと》ったこともある。

腕と脚を同時に全て無くしてしまった人間も、恋人を遺《のこ》して逝ってしまった兵士も、両親を亡くして茫然自失《ぼうぜんじしつ》とする子供も、子供を亡くして泣き叫ぶ両親も、全部全部見てきた。

その時の経験は彼の中で確かな糧《かて》になったが、それと同時に枷《かせ》にもなった。

いくつかの戦地を経験して、ジルは眠れなくなった。

眠ろうとしても、どうしても目が冴《さ》えて眠れないのだ。

医者から薬を煎じてもらったこともあるが、それでも眠れたのは一、二時間ほどだった。

ジルは参っていた。元々身体は丈夫な方なので体力的にはさほど問題はなかったが、精神面的にはかなり辛いものがあった。

みんなのことを心配させてはいけないと表面的にはなんてことのないように振る舞ってはいたが、戦場の夢を見て飛び起きることは何度もあったし、自分が殺してしまった人間の幻聴を聞くことは日常茶飯事だった。

そんなつらい時期、ジルは久々に戦場に駆り出された。

この時にはもう彼の体調が悪いことは周りにもばれていたのだが、それ以上に戦況があまりよろしくなく、彼は第一線で剣をふるった。

そして彼は、敵兵士の凶刃《きょうじん》にさらされた。

脇腹に刺さった剣は幸いなことにジルの重要な臓器を何も傷つけなかったが、寝不足でもともと体調が悪かったこともあり彼はそれから三日三晩、寝続けた。

そして、出会ったのだ。夢の中の少女に。

少女は美しい金髪を背中に流している少女だった。

瞳は見たこともないほどにはっきりとした緑色で、それは宝石のエメラルドと見間違ってしまうほどだった。

体躯はジルとは真逆と言っていいほどに小柄で、華奢。

ジルが少しでも乱暴に触れてしまえば、すぐさま壊れてしまいかねないほどに儚《はかな》げだった。

なのに彼女はよく笑う。コロコロと表情を変える。

観劇に連れて行った時、彼女は大きな瞳に舞台をめいっぱい映して、笑みを浮かべていた。

ジルは舞台よりもそんな少女をじっと見つめていた。

夜会で初めてダンスを踊った時、彼女は軽やかにステップをふんだあと「こんなに楽しいダンスは初めてでした！」と跳ねて見せてくれた。

一緒に遠乗りに行ったときには、初めて肩を抱き寄せた。

彼女は一瞬にして頬を赤くしたあと、はにかむような笑みをこちらに向けた。

少女はそれから度々夢の中に現れてくれるようになった。

そうしているうちにジルもだんだんと眠れるようになっていった。

少女の夢を見ていない日も、途中で起きることなく朝まで眠れることもあったし、少女が夢に現れてくれた日などは、寝坊するようなこともあった。

少女が現れる夢はいつも断片的で、つながったエピソードとして見るわけではない。

デートに誘う夢を見た翌晩に、出会ったばかりの遠慮の残る少女の夢を見ることもある。

気がつけばジルは彼女のことを気にするようになってしまった。

好きになってしまった。

愛するようになってしまった。

傷つきやすくて、天真爛漫《てんしんらんまん》で、いつも屈託のない笑みを向けてくる彼女の虜《とりこ》になってしまっていた。だから、皇帝から向けられた数々の縁談にも乗り気になれず、二十六歳になるまで結婚どころか婚約者も作らなかった。

そうだ、命令に反対する理由があるとするならば、これだけだろう。

ジルだって、できれば好きな相手と結婚したかった。

――夢の中の少女と。

しかし、ジルだってそれは無理だと分かっている。理解している。

あの美しくて可愛い、可憐《かれん》な美少女は、現実に存在しないのだ。

ジルは夢の中で彼女の肩を抱くことはできても、現実では指先で触れるどころかこの目に映すこともできないのだ。

――そう、思っていたのに……


『あぶっ！』

招待された夜会のホール近くの廊下。

そこで勢いよくぶつかって来た少女は、まさしく夢の中の彼女だった。

最初は現実だと信じられなかった。

夢の中の少女に会いたすぎて自分の頭が幻を見せているのだと思ったのだ。

しかし、手のひらから伝わる彼女の体温や、香ってくる甘ったるい香りが、彼女が幻ではなく現実にいる人間だと教えてくれた。

彼女はじっとジルの方向を見つめて固まってしまっていた。大きなエメラルドの色の瞳に自分の困惑が映っている。

（あぁ……）

やっぱりきれいな瞳だな。

そう思ったその時、彼女は慌ててジルから視線をそらした。

そして両手を突っ張るようにして身体も離す。

そのまま『助けていただいて、ありがとうございます』と深々と頭を下げた。

それが彼女なりの別れの挨拶なのだと理解したときには、彼女はもう次の言葉を放っていた。

『えっと。それでは私、急いでいますので』

『君は――』

何をどう言えばいいのか全くわからないのに、気がつけばジルは彼女の手を取っていた。

そして自らの願望のまま彼女を引き寄せた。

華奢な彼女の身体は、ジルが少し引っ張っただけでも簡単によろめき腕に落ちてきた。

そのまま彼女を逃さないように後ろから抱きしめた。

『へ？　あの。えっと……』

『すまない。どこかで会ったことがなかっただろうか』

下手な口説き文句だと思った。

しかし、馬鹿正直に『夢の中で会ったことがあるだろうか』なんて聞けなくて、その時のジルの精一杯がそれだった。

男性に慣れていないのか、彼女は頬を赤らめて視線を彷徨わせる。

困らせているのは明らかで、ジルのことが怖いのか、彼女は身体をこわばらせていた。

『急いでいるのにすまなかった』

彼女の身体を解放するのに、結構な勇気が必要だった。

いまここで少女を離してしまったら、また彼女は逃げてしまうかもしれない。

それこそ幻のように自分の前から消えてしまうかもしれない。

この期に及んでもジルは目の前の少女が幻かもしれないと疑っていた。

自分のことを信じられないでいた。

『君の名前を教えてくれないか？』

そう聞いたのは、自分が見ているものを信じたかったからだ。

夢の中でジルはいつも彼女のことを名前で呼んでいた。

何度も、何度も、用事がなくても、目の前に彼女がいなくても口にしていた。

しかし、愛おしいその名前は、起きるといつも記憶の中に残っていない。

その前後の会話はしっかりと思い出せるのに、少女の名前だけはどうしても思い出せない。

『あ、あの。私――』

彼女の小さな可愛らしい唇が動く。

その時だった、コティヨンの壮大な管弦楽が聞こえてきた。

目の前の少女はその音楽に顔をはっと跳ね上げると、小さな声で『しまった』とつぶやいた。

何が『しまった』のだろうかと考えていると、彼女は軽い身のこなしでジルの脇をすり抜けていった。

去っていくその背中に声をかけたが、彼女の耳には届いていないようで、あっという間に少女はその場から消えてしまう。

あんなふうに大慌てで逃げ出すほど、自分は怖かったのだろうか。

彼女の背中を見送りながら、ジルは力なくそう思った。

帝国の人間はこの国の人間に比べて身体が大きい。

ここに滞在している間に何度か会ったヘンリーだって、小さい方ではないだろうにジルとは頭一つ分の差がある。

彼女に至っては小柄な分、さらに体格差があった。

確かに、自分のひと回りもふた回りも大きい男性が、いきなり後ろから抱きしめてきて口説いてくるのは、恐怖だろう。

『さて、どうするか……』

放っておくという選択肢はなかった。

少なくともこのまま逃がす気はなかった。

夢の中の少女とどう関係あるのかはわからなかったが、一度しっかりと彼女と話したかった。

そのうえで夢の中の少女と別人だとわかれば、やはり夢の中の少女なんて自分の作り上げた幻なのだと、存在しないのだと、諦めることができるだろう。

ジルはそう考えていた。

そこまで考えた時、足元に妙な物が落ちていることに気がついた。

それは布製で楕円形《だえんけい》だった。

中には綿が詰まっており、なぜかほんのり温かかった。

きっと先程まで誰かが持っていたのだろう……というところまで思考が及び、彼女の顔が浮かんだ。

『口実はこれでいいか』

そう一人でつぶやき、ジルはそのよくわからない小さなクッションに視線を落とした。


それからのジルの行動は早かった。

帝国から連れてきた人間に少女の特徴を伝え、密かに彼女の名前と所在、どういう立場の人間なのかを調べ上げた。

本当のジルの目的を知っている彼らは『花嫁候補』として彼女のことを探ってくれ、翌日には彼女の身元が分かった。

『ミレイユ？』

『はい。おそらく殿下の見た少女は、ミレイユ・ディティエ侯爵令嬢です』

ミレイユ・ディティエ侯爵令嬢。十六歳。

ディティエ家は名家の貴族で国王からの信頼も厚く、母親のマリー・ディティエは遠縁ながらも王族の血が入っているという。

この情報を得た瞬間、ジルは勝手ながら歓喜した。

ミレイユはジルの花嫁候補に条件だけならぴったりだったからだ。

問題らしい問題は二十六歳と十六歳という年齢差だが、彼女が問題ないのならば十歳程度なら別に眉を顰《ひそ》められるほどのことではない。

ジルの頭は、もう彼女をどうやって連れて帰るかを考えていた。

最初の計画通りに恋愛関係に持ち込めれば最高だが、彼女が自分になびいてくれないことも考えて、なにか他に手を考えておく必要もあるかもしれない。

後から考えればこのときのジルはもう、夢の中の少女がミレイユであることになんの疑いも持っていなかった。

なぜなら、彼女の名前を口にした瞬間、いろいろな記憶が一気に頭の中に蘇ってきたからだ。

それは夢の中の記憶とは思えないほど鮮明で、濃厚だった。

どういうわけかわからないが、きっとミレイユは本当にあの夢の中の少女なのだろう。

しかし、そんな彼の考えに冷水を浴びせかける情報があった。

『ヘンリーの婚約者候補？　彼女が？』

『候補と言っても、もう対外的には婚約者と一緒ですよ。国王も貴族たちも了承済みです。王子だけがどうにもまごまごしているだけって感じで……』

そう言って兵士は肩をすくめてみせる。

『殿下、彼女はやめておかれたらどうですか？　たしかに条件には合いますが、戦争を止めに来たのに、喧嘩《けんか》を売りに行くなんて馬鹿らしいじゃないですか』

それは正論だった。どこまでも正しい言葉だった。

それが本当なら、ジルはミレイユを諦めるべきだろう。

この国の王妃になるだろう人間を連れて帰るわけにはいかないからだ。

しかも――

『実は、婚約者候補は二人いるんですが、もう片方のドロシー・ミラー侯爵令嬢ってのが厄介で、親が気合の入った戦争賛成派なんですよ。なので、私的にはミレイユさんに頑張ってほしいですね』

自分はどうやらミレイユとヘンリーを応援しなくてはいけない立場らしい。

そう言えば、とジルは夢を振り返った。

夢の中の自分もミレイユのことを好ましく思いながらも、触れるのをためらっていたな、と。

ダンスのときに腰を抱き寄せたりはしたけれど、それ以外だと肩を抱き寄せたぐらいしかしていない。

きっと夢の中の自分だってミレイユのことを愛していたし、ずっと一緒にいたいと思っていたはずなのに、気持ちを伝えるどころか、その手を握ることもしなかった。

もしかすると、夢の中の自分も今の自分と同じ状況だったのかもしれない。

きっと、安易に触れられなかったのだろう。

この気持ちがバレてしまうから。

それでも、離れられなかったのだろう。

ようやく会えた彼女のそばにいたかったから。

(でも今なら、間に合うかもしれない)

ミレイユとジルの人生はわずかに触れ合っただけだ。

まだ交差はしていない。

今ならまだミレイユが夢の中の少女ではなかったということにして、彼女の傍を離れることができる。

そう思った時だった。

視界の隅に、小さな人影が映った。

慌てて振り返ると、一人の少女が歩いているのが目に入る。

（あの、人影は――）

『――すまない！』

手を握った瞬間、もうだめだ、と思った。

もう離せない。気持ちを告げられなくても、想《おも》いが叶《かな》わなくても。

諦めるのならば、そもそも出会ってはいけなかったのだ。

だってもう彼女の姿を見るだけで、こんなにも愛おしさがこみ上げてくる。

ミレイユはいきなり現れたジルに一瞬だけ驚いて、そしてすぐさま頭を下げた。

『あ、あの！　ミレイユ・ディティエです！』

どうして名乗られたのか一瞬わからなくて、ぽかんとしてしまう。

しかしすぐに昨晩自分が名前を聞いたからだと思い至り、その律儀さに笑みがこぼれた。

それから、昨晩彼女が落とした楕円形のクッションを手渡した。

ミレイユは何故か恥ずかしがりながらそれを受け取り、お礼を言った。

彼女は昨日とは違って逃げ出さなかった。表情を見る限り、なにか考え事をしているようだが、こちらに対して怯《おび》えているというわけでもなさそうだった。

話していると、ミレイユの視線がピタリと止まった。

それまでどこか狼狽《うろた》えたように彷徨っていた彼女の目はジルの心臓のあたりで瞬《まばた》きを繰り返す。

その視線にジルは自分の鼓動の音が彼女にまで聞こえているのではないかと思ってしまった。

『どうかしたか?』

少しだけ上ずりながら聞く。

すると彼女は、視線をジルの胸元から彼の顔に移動させた。

『さ、触ってもいいでしょうか?』

『は?』

『胸を触っても、いいでしょうか?』

(胸を、触る?)

一瞬何を聞かれているのか理解できなくてジルは固まってしまう。

(俺が彼女の胸を触るということだろうか。いや、それならば『触ってもいいでしょうか』ではなく『触ってもらってもいいでしょうか』になるはずで――)

願望から走った思考に頭を振る。

もちろんジルはミレイユの胸を触りたいが、今はそんなこと考えている場合ではない。

どうしてそうなったのかはわからないが、彼女は自分の身体に触れたいと言ってきているようだった。

『触ってもなにも面白くないと思うが……』

ジルがそう頷《うなず》くと、ミレイユはジルの方向に手を伸ばす。

そして手のひら全体でジルの胸に触れた。

そして小さく『ぉお！』と感嘆の声を漏らす。

『いいなぁ……』

『いいなぁ？』

『あ、いえ！　ちょっと、その、羨《うらや》ましいなぁと思いまして』

『羨ましい？　この身体が？』

『胸が？』

『胸……？』

（もしかして、男の身体がそんなに珍しいのだろうか）

そこまで考えが及んで、彼女の初《うぶ》さに気持ちが勝手に盛り上がる。

リオン王国では帝国とは違い、女性の純潔さはそこまで重要視されない。

身持ちが固すぎて貴族の血が絶えてしまう方が問題だからだ。

遊びすぎている者には白い目が向けられるが、誰とも枕を交わしていない女性というのも、それなりに面倒くさがられるという。

そんな国に遭って、彼女はもしかしたら男を知らないのかもしれない。

そんな身勝手な期待に胸が躍った。

別にミレイユが純潔かどうかなんてものは、どうでもいい。

彼女が他の男に触れられていないというのが嬉しいのだ。

過去も現在も未来も含めて、できることなら自分だけが彼女に触れていたい。

そんな独占欲丸出しの感情に、自分の気持ちがどこまで高まっていたかを知る。

何が『諦める』だったのだろうか。何が『離れられる』だったのだろうか。

彼女の夢を見始めたのは五年ほど前からだ。ジルはそれからずっと彼女に、ミレイユに、片《かた》想《おも》いをし続けているのだ。

五年間の間に降り積もった想いはそんな簡単に諦められるものではない。

けれど同時に、自分の感情にブレーキをかける理性もある。

ミレイユはヘンリーの婚約者だ。

いや、まだ婚約者候補かもしれないが、彼女が一番近い立場であることは事実だろう。

それに問題なのはドロシーの存在だ。

ミレイユがヘンリーの婚約者にならなければ、ドロシーが――

『うっ』

情けない声が漏れてしまったのは、ミレイユの小指の先が胸の先端にあたってしまったからだ。ミレイユは気にした素振りもなく胸を触り続けている。

さわさわ。さわさわ。

遠慮しているのか、彼女は触れるか触れないかの距離で胸を触り続ける。

たまにしっかりと押すようこともしてくるが、それ以外はこの触り方だ。

ベッドの中ならば問題のない触れ方だが、ここは日中の庭園で、二人はまだそんな関係ではない。

それをじっと見下ろしていると彼女がこちらを見上げてきた。

その顔は至って真剣そのものだという感じだが、それがなんだか妙におかしくて可愛らしい。

『このような胸になるためにはやはりコツがいるんでしょうか？』

『コツ、というか、そうだな。鍛える必要はあるが……』

『鍛える……？』

『ある程度鍛えればみんなこのぐらいにはなると思うぞ』

もちろんこれは『胸筋』という意味だ。

彼女はしきりに『胸』と言っているが、女性の胸と男性の胸が違うことぐらい彼女も分かっているはずだろう。

そう思っていたのに――

『一生のお願いです。ジル様、私の胸を大きくしてください！』

彼女の願いに時間が止まったような気がした。

◆◇◆

「それからジル様に剣を教えてもらってるんです！」

「……なんでそうなるの？」

ここ数日の間に起こったジルとの出来事を話すと、ジュディは低い声を出しながら顔をしかめた。

場所はディティエ家の応接室。

ミレイユがジルと再会して、二週間ほどが経《た》っていた。

あのあと困惑の表情を浮かべるジルにミレイユは全部話した。

もちろん人生をやり直しているということは伝えなかったが、『ヘンリーが胸の大きな人が好きで、自分には胸がないから困っている』ということはしっかり話して、そのために協力してほしいということも伝えた。

ジルは最初こそ穏やかな顔で話を聞いていたのだが、話が進むにつれ険しい表情になり、ミレイユが話しを終える頃には彼はもうどこからどう見ても不機嫌だった。

「つまり、君はヘンリーのために胸を大きくしたいと?」

「そうです！」

「そんなことをしなくても君は十分魅力的だと思うが?」

「あ、ありがとうございます！　ですが、その、ヘンリー様はどうしてもたわわのほうがよろしいようで……」

ジルの顔色がさらに悪くなる。眉間のシワが見たことのない深さになって、「あぁくそ！想像した」と彼は小さな声で吐き出した。

何を想像したのかはよくわからないが、よほど忌々しいものを想像したのだろうということだけわかる。

ジルはしばらく考えた後に、これでもかという程の低い声を出した。

「ここで俺が断ったら、どうなる？」

「それは……」

「別の男にでも頼むのか？」

被《かぶ》せるようにそう聞かれ、ミレイユは少し考えた後に「そうですね。それが良いかもしれないです」と頷いた。

正直、断られたら他の男性に……とはまったく考えていなかったのだが、ジルと同じように胸筋を鍛えている男性ならば、彼でなくてもいいアドバイスをくれるかもしれない、ミレイユはそう考え直したのだ。

ミレイユの言葉にジルは唇の両端をこれでもかと引き下げる。

その表情からは好意的なものはまったく見て取れない。

彼が気分を害しているのは明らかだった。

（もしかして私、変なことを言っているのでは？）

その事に気がついたのは、ジルが黙ってしまって数秒が経った時だった。

ミレイユからすればジルはやり直しをする前からの友人だが、彼にとってはそうではない。

ジルにとってミレイユは、出会ったばかりのなにも知らない女性だ。

そんな女性から「胸を大きくするのを手伝ってくれ」と言われたらどう思うだろう。

これ以上なく面倒くさい女性だと思われてしまうのではないか。

（というか私ったら、ジル様に会えただけでもよかったっていうのに！）

ここで嫌われたら、本末転倒だ。ミレイユは慌ててジルに頭を下げた。

「すみません！　ご迷惑でしたよね！　この件は忘れてください！　ジル様ではなく、他の方に――」

「やる」

「……へ？」

「やると言ってるんだ」

ジルは唸《うな》るようにそう言ったあと、ミレイユに一歩近づいた。

「だから、他の男には一切頼むな。俺だけにしてくれ」

そう言った彼の目は、どこまでも真剣そのものだった。


そこから始まったのが、剣術指南だった。

剣術と言っても別になにか技を教えてもらっているわけではなく、木の剣をひたすら振り続けるだけのものだ。

ミレイユは最初、自分の屋敷の庭で素振りをするつもりだったのだが――

「木の剣と言っても、頭や身体に当たれば危ないからな。俺の目の届くところでしてほしい」

そう言って、彼は王宮の近くにある大きな屋敷にミレイユのことを案内した。

そこは元々貴族の邸宅で、今回の滞在のためにジルが買った場所だという。

王宮にも泊まれるように部屋は用意してあるらしいのだが、気を使うからと必要なときにしか利用していないそうだ。

「明日から毎日君の屋敷に馬車を向かわせるからそれに乗って来てくれ」

少しだけ機嫌を取り戻した彼はミレイユに向かってそう微笑みかけた。


「それで、毎日、毎日、ジル様の屋敷に剣を振りに行ってるってわけ？」

「ええ。でも、毎日十分ぐらいで終わってしまうから、その後はいつもお茶とかを一緒にして、帰るって感じね。たまに夕飯もごちそうになってるわ」

「ふーん。…………なるほどね」

どこか意味深長に頷きつつ、彼女は口の端を上げた。

そんなどこかニヤニヤしている彼女にミレイユはぐっと身を寄せる。

「それで、どう、かしら？」

「どう、とは？」

「胸、大きくなってきたかしら？」

自分では全く実感がないが、二週間もこんな生活を続けているのだから多少は大きくなっているに違いない。

ミレイユは毎日自分の身体を見ているから気が付かないが、たまにしか合わないジュディならば何か感じるものがあるかもしれない。

そう思い、ミレイユはジュディにそう聞いたのだが……。

「……正直に言って良い？」

「えぇ！　もちろんよ！」

「全く変わってないと思うわ。少なくとも私にはどう変わったかわからないもの」

「えぇぇぇ⁉」

まさか『全く』だとは思わず、ミレイユは大きな声を上げてしまう。

背後ではピシャンと特大の雷が落ちた。

「も、もしかして、あの素振り、全く効果がないのかしら」

「まぁ、服の上から見ているからってのはあるし、全くってほどじゃないんじゃない？　……というか、元々私はそういう意味で言ってなかったのよ」

「え？」

「胸のこと。殿方に訓練をつけてもらえって意味で言ったんじゃないの」

ジュディの言葉にミレイユははたと固まった。

「それなら、どういう意味で……」

「それは――」

ジュディはなにか言いかけて、口をつぐんだ。

そしてまた先ほどと同じように唇を引き上げる。

「気になるなら、ジル様に聞いてみなさいよ。きっと意味を知っているだろうから」

「そ、そうなの?」

「ミレイユが誠心誠意頼めば、きっと懇切丁寧に教えてくれるわよ」

ジュディの顔がなんだか怖い。

笑っているのは確かなのだが、どうにもその顔が何かを企《たくら》んでいるように見える。

しかし、なにを企んでいるか見当もつかないミレイユは「わかったわ」と頷くことしかできなかった。

ジュディは面白半分に人のことをからかったりすることもあるが、基本的にはすごく情に厚い人間だ。

なにかを企んでいたとして、友人が本当に困ることはしないだろう。

ミレイユはそう考えていた。

「今日も今からジル様のお屋敷に行くのよね？」

「ええ。そうだけど」

ミレイユはうなずきつつ手元の紅茶に口をつける。

するとジュディは急に真剣な声色を出した。

「ねぇ、ミレイユ。ヘンリー様なんてやめときなさいよ」

「え？」

「あの人と結婚しても、ミレイユは幸せになれないと思うわ。私、友達が出世するのは嬉しいけれど、そのために不幸になってほしいわけじゃないもの」

ヘンリーと結婚してもミレイユは幸せになれない。

それはミレイユだってわかっている。けれど、彼に選ばれなければ、ミレイユに待っているのは死のみなのだ。

「まぁ、陛下からの許可が下りているこの段階で婚約者争いから降りるなんてこと、できるわけがないとはわかっているけど。チャンスがあったら、逃さないようにしなさいよ？」

「……ありがとう、ジュディ」

ミレイユはそう言って曖昧に微笑んだ。

（婚約者争いから降りるチャンス、かぁ）

◆◇◆

ジルの屋敷でミレイユは剣を振りながら考え事をしていた。

トレードマークの金髪は頭の天辺《てっぺん》で結い上げられており、彼女の服装はシャツにパンツという男性のような出《い》で立ちだった。

それは、ドレスだと剣を振れないだろうとジルが用意してくれたものだった。

やり直していると気がついた段階で、この婚約者争いから降りるということはミレイユだって考えていた。

けれど、もう国王や貴族の重鎮からゴーサインが出ている段階で、特に理由もないのに婚約者争いから降りるのは無理があった。

無理矢理にでも降りれば、家名に傷がつくだろうし、父親にだって迷惑をかけてしまう。

それでも、全く方法がないわけではない。

要するに国王や貴族の重鎮たちが納得すれば良いのだ。

わかり易《やす》い例を挙げるとするならば、ミレイユが婚約者でいつづけるより、争いから降りることで得られる利益が大きければいいのだ。

しかし、それが難しい。どうすれば彼らが納得してくれるのかわからない。

だから結局、ミレイユが生き残るためにはヘンリーに選んでもらわなくてはならなくて、そのためには胸を大きくしなければならないのだ。

つまり、いまミレイユにできることは胸が大きくなると信じてこうやって剣を振り続けることだけである。

ミレイユはそこまで考えてはたと振っていた腕を止めた。

すると、近くのベンチに座って本を読んでいたジルが顔を上げる。

「どうかしたか？　疲れたなら、今日はもう終わりにするか？」

「いえ。疲れてはないんですが、少し思うところがありまして……」

「思うところ？」

「あの、ジル様のことを疑ってはいないのですが、本当にこの方法で私の胸が大きくなるんでしょうか？」

「……と言うと？」

「実は『殿方に胸を大きくしてもらえ』というのは友人から聞いた話なんです。それで今日、その友人から『それはそういう意味で言ったんじゃない』と言われてしまいまして」

ミレイユがそこまでいうと、ジルが「あー……」と間延びした声を出した。

ジュディは『ジル様はきっと意味を知ってるだろうから』と言っていたが、どうやらそれは本当だったようだ。

「もしかして、胸を大きくするのに、他に方法があるんでしょうか？」

「いや、どうかな。あれは迷信みたいなものだからな」

妙に歯切れが悪く、ジルがそう答える。

ミレイユはそんなジルにかぶりついた。

「迷信でもなんでも、もしよかったら試してくださらないでしょうか？」

「いや……」

「もしかしたら私には効くかもしれませんし！　みなさんが知っている迷信となると可能性は高いのではないですか？　それなら、試してみても損はないと思います！」

どんなことが待ち受けているのかわからないままでこんなことを言うのは正直自分でもどうかと思うだが、胸が大きくならなければ待っているのは死である。

それに比べれば大概のことは大したことがないことだろう。

ミレイユが決意をあらわにしているにもかかわらず、ジルはまだ迷っているようだった。

彼は眉間にシワを寄せたまま考え込んでいる。

その表情にミレイユははっとした。ミレイユは自分がリスクを追うことばかり考えていたが、もしかするとジルにもそれなりの代償があるのかもしれない。

「もしかして、ジル様にもご負担があることなのですか？　それなら、他の男性にでも頼んで……」

「他は駄目だ！」

いつになくピシャリとそう断じられて、ミレイユは目を瞬かせた。

「他の男に頼むぐらいなら俺がする」

「してくださるんですか⁉」

「むしろ君は俺で良いのか？」

「え？」

「……いや、なんでもない」

ジルはそう言ったあと、ミレイユの手を取った。

「それなら少し場所を移そう。ここじゃ、人目につくかもしれないからな」

ミレイユが連れてこられた場所は、屋敷の応接室だった。

チョコレート色の家具を基調としたそこは妙な重厚感に満ちている。

どちらかといえば明るい雰囲気のあるディティエ家の応接室とはなんだか雰囲気が全く違う。

「ここでするんですか？」

「あぁ。いきなり俺の部屋に連れて行かれたら、君も怖いだろう？　……とりあえず、そこに座っていてくれ」

その言葉にミレイユはソファに腰掛けた。

ジルは後手で部屋の鍵を閉めるとカーテンを閉める。

すると、途端に部屋が薄暗くなり、緊張感が増した。

ジルはそのままミレイユの座るソファまで歩いてきて、隣に腰掛けた。

そして――

「ひゃぁあぁ！」

唐突にミレイユを抱き上げ、自身と向い合せになるように膝の上に座らせた。

あまりの出来事にミレイユが目を白黒させていると、ジルの腕が彼女の腰に回ってきた。

そしてそのまま引き寄せられる。

ぴったりと身体がくっつき、ジルの身体を両足で挟み込むような形になってしまったミレイユは、あまりの恥ずかしさにゆでダコのように顔を真っ赤に染めた。

「いいか？」

「いい、んですが。あ、あの、ものすごく今更で申し訳ないんですが、今から一体何をするんでしょうか？」

本当に自分でも今更だな、と思った。

もう覚悟は決まっていたはずなのに、している格好が恥ずかしい上に、見上げてくる彼の目がどこか凶暴な獣のように見えて、怯《ひる》んでしまったのだ。

「触るんだ」

「さわ、る？」

ミレイユがそうオウムのように繰り返すと、ジルの手が伸びてきて、ミレイユの着ていたシャツにかかった。

そのままボタンを一つ一つ丁寧にはずいていく。

「さ、触るって、もしかして、胸を、ですか？」

「他にどこに触るんだ？」

「それは、そう、ですよね」

じわじわと恥ずかしさがこみ上げ、それと同時に体温も上がる。

彼の指先が首元から胸元、そして腹部のあたりまで、ボタンを外しながらゆっくりと下りてくる。そうしてあっという間にシャツの前部分は開かれてしまった。

下に着ているのは短めのシュミーズだった。

邪魔になるからとコルセットはつけておらず、その下はもう素肌だった。

「肌の色が透けているな」

ジルはどこかどこか嬉しそうに言ったあと、シュミーズの上から胸を触った。

「んっ」

最初は、触れているだけという感じだった。

ジルはその大きな手でミレイユのささやかな膨らみを包みこんでいた。しかし、様子はすぐに変わった。

ジルの手は包みこんだ胸を今度はゆっくりともみ始めた。

布越しに伝わる体温と指の感触に、ミレイユはもうなにも考えられなくなっていく。

「ん、んん、ぁ」

自分でもはしたないとわかっているのに、変な声が漏れた。

男性にこんなところを触られるなんて初めてだった。

自分で触ったことは何度もあるのに、彼に触れるのは全くの別物だった。

「ん――っ！」

おもわずそう声を上げてしまったのは彼が布越しにミレイユの先端をつまみ上げたからだ。

彼はそのままシュミーズ越しに先端を弄ぶ。

指先で押しつぶしたり、人差し指と中指でくりくりといじってみせたり、爪でかりかりといじめてみたり……。

ミレイユはそのたびにジルの上で喘《あえ》いだ。

「あっ、あぁっ、やめっ！　ひっぱら――んんん！」

背中をのけぞらせ、ミレイユの身体は自然にジルから距離を取ろうとする。しかし、腰に回った彼の太い腕がそれを許してくれなかった。

「あ、あぁ、んっ！」

触られているのは胸のはずなのに、ジルに触られているとなぜだか身体の中心――下腹部がどんどん熱く、切なくなっていく。

我慢できずに両膝を擦り合わせようとしたが、彼の身体が邪魔で結局なにもできなかった。

ミレイユは身体の奥が切なく疼《うず》くのを感じた。

それはいままでに経験したことがない感覚だった。

右も左も順番にいじめられて、ミレイユの先端がぷっくりと布越しにでもわかるぐらいに立ち上がると、ジルはおもむろにそこに顔を近づけた。

ジルが何をしようとしているか気がついたミレイユは、慌てたように胸元を隠した。

「ちょ、ちょっと待ってください！　も、もしかして、その、舐《な》めるつもりですか⁉」

「だめか？」

「だ、駄目ではないんですが。その、シュミーズも汚れてしまいますし」

それがミレイユのできる精一杯の抵抗だった。

自らお願いした手前、今更やめてほしいとはいえない。

それに、嫌ではない。決して嫌ではないのだ。

だけど、どうしようもないぐらいに恥ずかしくて、頭が沸騰してしまいそうだったのだ。

ジルはそのまま少し考えた後、ミレイユの穿《は》いているズボンのボタンを一つだけ外した。

そして、しゅるしゅるしゅると裾からシュミーズを引き出し始めた。

シュミーズをすべて引き抜くと、彼はミレイユの正面にあるそれをたくし上げた。

「ちょっ！」

「ミレイユ、持っていてくれ」

「え⁉」

ミレイユはいわれるがまま、ジルがたくし上げたシュミーズを首のあたりで持った。

ジルに持てと言われたからやっていることだが、傍から見ればそれはミレイユが自らジルに胸を差し出しているように見える。

（私って、なんて破廉恥《はれんち》な格好を――んっ）

思考が働いたのもそこまでだった。

ぴちゃ、と、ミレイユの先端に何かが触れた。

見れば、ジルがミレイユの胸元に顔を埋めていた。

ジルはミレイユのあるかないかわからないささやかな膨らみにねっとりと舌を這《は》わせて、そのまま先端に歯を立てた。

こりっ、と音が聞こえたような気がして、同時に身体に電流が走る。

「あ、んん――！」

瞬間、ミレイユは膝で彼のことを挟んでいた。

なぜだかわからないが、腰が自然にゆらゆらと揺れる。

ジルはミレイユの反応に嬉しそうな笑みをこぼした。

「かわいいな」

「え？」

「かわいい」

ミレイユのことを言っているのか、それともささやかな乳房のことを言っているのかわからなかったけれど、男性に面と向かってそんなことを言われるのが初めてで、ミレイユの頬は熱くなった。

その後も長い時間をかけて、ジルはミレイユの胸をいじめた。

吸って、撫《な》でて、捏《こ》ねて、押しつぶして、歯を立てて、擦って。

そうして気がついたときには、ミレイユはぐったりとジルの方へ身体を預けてしまっていた。

なんだかひどく疲れていた。

木の剣を振り回していたときよりも断然疲労はこちらのほうが強い。

全身を使って呼吸をするミレイユの耳元に、ジルの唇が近づいた。

そうして、こう囁《ささや》く。

「これが『男性に大きくしてもらう』というやつだ。……どうだ？　続けられそうか？」

ミレイユはジルの首元に手を回した状態で一つ頷いた。

あんなに恥ずかしかったのに、頷いてしまった理由はわからなかった。

第二章

触って、揉《も》んで、吸って、転がして、齧《かじ》って、押しつぶす。


それから木の剣を振り回す時間はなくなり、屋敷の寝室で胸を愛撫《あいぶ》する時間ができた。

毎日、お昼を少し過ぎた時間にジルはディティエ家に馬車を向かわせ、やってきたミレイユを部屋に通し、ベッドに押し倒す。

緊張はしているものの彼女は抵抗はせずに、むしろジルの首に腕を回し、彼からの愛撫を受け入れていた。

「は、はぁ、ん、んん――――!」

ジルが彼女の胸についている赤い実に舌を這わせると、ミレイユは甘い声を上げながら身をよじる。きれいな金髪がベッドの上に広がり、陶磁器のような肌がほんのりと赤く色づく。

たまらなかった。たまらない時間だった。

愛おしい彼女をベッドの上で乱しているという状況に身体の芯が熱くなる。

それと同時に罪悪感もあった。

きっと彼女はこれで胸が大きくなると思っているに違いない。

けれど、ジルはこんなことで女性の胸は大きくならないだろうと思っていた。

あんなもの、迷信だ。それは彼女にだってそれは最初に伝えてある。

でも、そんな迷信にでも縋《すが》りたくなるぐらい、彼女はヘンリーのために胸を大きくしたいらしい。

ギリ、と奥歯が鳴った。

あんな男のどこがいいのだろうと思う。

確かに見た目はきれいな男だが、正直な話、それだけだ。

為政者として特に優れているというわけではないし、頭を動かすことも身体を動かすことも特別得意というわけでもない。

広い人脈があるわけでもないし、人を引き付け、酔わせるような魅力があるわけではない。

性格においてはあまりいいとは言えないし、ミレイユの話を聞く限り妙な性癖だってある。

おまけに、彼はミレイユのことを愛していない。愛そうとも思っていない。

自分はこんなにもミレイユのことを愛しているし、愛されたいと願っているのに。

こんなに誰かを羨ましいと思ったのは初めてかもしれなかった。

何の努力もしていないのに、首を縦に振るだけでミレイユを手に入れることができるヘンリーが、この上なく羨ましかった。

けれど同時に腹も立てていた。

どうしてこんなにかわいらしい彼女のことを彼は黙って受け入れないのだろう、と。

「ジ、ル、さま」

可愛らしい声でミレイユが鳴く。赤い顔で身体を震わせながら、彼女は肩で息をしていた。

ジルはそんなミレイユの乳頭を指でつまみ、上に引っ張った。

「んっ！」

上に引っ張り上げた後、すぐに指を離す。

すると、赤い実は重力に従うまま白い乳房の上に落ちて、たゆたゆと揺れた。

「ぁんっ」

「痛いか？」

そこまで強い力で引っ張ってはないものの、彼女の反応が少し過剰に思えてそう聞いた。

するとミレイユは首を横に吸って、頬を赤らめる。

「いたくは、ないです。でも……」

「ちょっと、きゅって、してしまって」

「でも？」

何が、かはミレイユのすり合わせた膝を見てわかった。

そして、そのまま彼女の下半身の様子まで想像してしまう。

白い肌の中に浮かび上がるようなピンク色の割れ目。

外からでも見える内壁は雄を求めるようにヒクヒクとひくつきながら、透明な蜜を溢《あふ》れさせている。

ミレイユはきっと、そんな状態になった秘所を必死にジルから隠そうとするだろう。

もう何も身にまとう服はなくても、膝を合わせて抵抗するに違いない。

けれど、飢えたジルの本能がミレイユの膝を開いてしまう。

そのままジルはミレイユの様子をうかがいながら割れ目に指を這わせる。

ねっとりとした蜜の奥に、柔らかい裂肉。

その上には尖《とが》り始めた芽もあって、入口と一緒に刺激をすると、ミレイユの身体が跳ね——

ジルはそこで我に返り、首を振った。

（これ以上は、駄目だ……！）

ジルに許されているのは胸までだ。

それはミレイユが望んでいることで、ジルもこれ以上の行為をする気はなかった。

だってこれ以上は止まれなくなる。

きっと最後まで致してしまう。

もちろん、心と身体は今にも爆発してしまいそうなほどにミレイユを求めている。

今すぐ彼女を愛したいし、犯したいし、貪りたい。

自分勝手に腰を振って、『愛している』と耳元で気持ちを吐露して、彼女の奥に精を放ちたい。でも、それが許されているのはヘンリーだけなのだ。

ヘンリーとミレイユが結婚すれば、戦争が起こりにくくなり、
ヘンリーとミレイユが結婚すれば、彼女の努力も想いも報われる。

それなら、ジルは二人の仲を応援するべきだろう。

そもそもの話、彼は戦争を起こさないためにここにやってきたのだ。

それならば余計に、自分の気持ちは二の次にして、彼女の想いが叶うように手を尽くすべきだろう。ヘンリーだって、ミレイユを完全に拒否しているわけではないのだから、可能性がまったくないというわけではないのだ。

それが一番丸く多くの人が幸せになる結末だ。きっと、そうに違いない。

（でも……）

「俺だったら――」

漏れ出てしまった気持ちにミレイユが「え？」とこちらを見上げる。

そんな彼女にジルは「……いや」と首を振って、また行為を再開した。

きっと、ヘンリーよりもミレイユのことを大切にできる。愛も捧《ささ》げられる。

幸せにする自信も、ある。

けれど、それは許されない。


大きなキングサイズのベッドに、広がる金髪。

涙で潤むエメラルド色の瞳。

思わず吸い付きたくなる、小さな唇。

折れてしまいそうなほどに華奢な身体。

それらすべてを、ジルは四《よ》つん這《ば》いでベッドに縫い止める。

(かわいいかわいいかわいいかわいいかわいい)

抱きしめて唇を合わせて服をすべてひん剥《む》いて身体《からだ》中《じゅう》を愛撫して中心に雄をねじ込ませて腰を振って彼女を快楽で一杯にして犯して貪って自分のものにしたい。

全部、全部、全部――

「……」

言葉と感情のすべてを飲み込んで、ジルはミレイユの上から降りた。

「今日のところは、こんな感じだな」

「あ、ありがとうございます」

頬を染めるミレイユを見ながら、ジルはどうかこの気持ちが暴走しませんように、と心底願った。

◆◇◆

ジルとの胸を大きくする訓練（？）日課が追加されてから一週間。

ミレイユはとある身体の変化に悩まされ続けていた。

（ううぅ。ジンジンする……）

その日の朝、ミレイユはその刺激によって起こされた。

彼女は目元を擦りながら気だるげに身体を起こし、夜着の首周りを引っ張るようにして自身の身体を覗《のぞ》き見る。相変わらず凹凸の少ない身体だが、彼女の視線の先にはぷっくりと起きあがった胸の先端があった。

そこは一週間前よりも少しだけ赤く、大きくなっているような気がする。

「んっ」

そう甘い声を上げてしまったのは、彼女の胸の先端に夜着の布が触れてしまったからだ。ミレイユは咄嗟に胸を押さえ、小さく息を吐きだした。

彼女が悩まされている問題。

それは、胸が異様に感じやすくなっていることだった。

布が擦れて声まで出てしまったのは、さすがに今日が初めてだが、胸の先端付近に何かが触れるとビクリと身体が震えてしまうことは昨日までにも何度もあった。

その度に周りの人から不審な目を向けられるので、ごまかすのが大変だった。

しかもそのときに思い出すのは、決まってミレイユの身体を這《は》い回るジルの指先だったり、舌だったり、歯だったりするので、顔の赤みも同時に隠さなくてはならなかった。

赤色を奥に秘めた、黒い獣のような瞳まで思い出したときには、下腹部がきゅんと切なくなり、その場に立っていられなくなってしまった。

しゃがみこんで自身に溜《た》まった熱を逃がしていると、それを見た使用人が何かの病気だと勘違いし医師を呼んできてしまったのが一番大きなトラブルだったかもしれない。

あのときは医師にさえも本当のことは言えず、ごまかすのが大変だった。

「私の身体、変になってしまったんでしょうか」

今までにない身体の変化にミレイユはそう不安げな声を出してしまうが、彼との訓練を止める気にはなれなかった。

生活には少し支障はあるが、身体の変化があるということは、胸もそれなりに大きくなっているのではないかという期待もあったからだ。

（それに……）

ミレイユはジルと過ごすあの時間が嫌いではなかった。

いや、正直に言うのならば好きだった。

大好きだった。

最初こそ身体を蹂躙《じゅうりん》してくるジルの指や舌に戸惑ってはいたものの、彼がミレイユのことを大切にしている様が体温に重なって、指先を通して伝わってくるのがたまらなく幸せだった。

あんなふうに大切に触られたことは初めてで、少しだけ有頂天になってさえもいた。

でも――

（ジル様は大変そうよね）

愛撫を受けている間、ミレイユは基本的にされるがままだ。彼から与えられる刺激に反応し、声を上げて、身体を震わせているだけである。

しかし、ジルの方はミレイユの様子を見ながら胸をもみ、舐め、イジり、歯を立てている。

その丁寧な愛撫に彼がその行為にどれだけ心を砕いて慎重になっているかがわかり、だからこそ、ミレイユは彼との行為が大好きで、同時に申し訳なさを感じていた。

好きな女性ならまだしも、出会って間もない好きでもない女性にここまで心を砕くのは、ジルの負担になっていないだろうか。

そもそも、こういう行為をすること自体が嫌ではないだろうか。

怖くて正面からは聞けないが、ミレイユはそのことだけが本当に心配だった。

それに行為が終わった後のジルの様子も気になっていた。

ジルはいつも行為が終わった後、必ず一度、部屋から出ていってしまうのだ。

戻ってくるのは数十分後で、いつもどこかスッキリとした顔をしている。

その後はいつもどおり接してくれるのだが、ミレイユはその数十分彼がどこで何をしているかが少しだけ気になっていた。

だって、彼の性格ならベッドでぐったりとしているミレイユに寄り添って髪を撫でてくれるとかはしてくれそうなのに、彼はこの一週間一度だってそんなことをしてくれた例はなかった。

別に、ミレイユは彼が髪を撫でてくれないことを怒っているわけではない。

行為が終わった後のそっけない態度に不安を覚えているのだ。

もしかしたら彼はその数十分でミレイユに対する嫌な感情をすべて吐き出して部屋に戻ってきてくれているのかもしれない。

なんの根拠もないのに、ミレイユの中にはそんな不安が漠然とあった。

(今日、聞いてみてもいいかもしれないですわね)

教えてくれるかどうかはわからないが、このまま悶々《もんもん》としているよりはいいだろう。

ミレイユはベッドから立ち上がると、部屋の中に誰もいないことを確認してシュミーズを脱いだ。そして、過敏すぎる胸に対策を施す。

彼女は引き出しから香油と細長い包帯のような布を取り出す。

最近気がついたことだが、香油を塗って包帯を上から巻いておくと多少楽になることが分かったのだ。香油は元々身体につけているバラの香りのものだ。

ミレイユは香油を手のひらに広げると、胸全体に塗り拡《ひろ》げた。

丁寧に塗り拡げていくと、胸が段々とテラテラと光沢を帯びてくる。

ミレイユは少しでも胸を大きくしようと背中にある僅かな肉を胸元へ引き寄せる。

それを何度も繰り返していると、やる前よりはわずかに胸が大きくなったような気がしてくる。そして、最後に触ったのはやっぱり胸の先端だった。

指先に付けた香油をコリコリと乳首に塗っていく。

瞬間、思い出したのは、ジルの太くて硬い指先だった。

「はぁ……」

漏らしてしまった吐息は熱かった。

ミレイユは香油を塗り終わると、その上から包帯を巻いた。

ぐるぐると何度も巻いて、上から触っても何も感じないことを確認する。

そして、もう一度夜着を着直した。

今日はジルの屋敷に行く以外にも用事があった。

ヘンリーの立太子を祝うプレゼントを買いに行くのだ。

彼の立太子は先月に決まったばかりで、もう来月には国内外に公表される。

ここまで立太子が先延ばしになったのは、国王が次期国王に誰を据えるか迷っていたからだ。

実はヘンリーには年の離れた弟が二人おり、彼らがとても優秀らしい。

しかしながら、弟たちが次期国王に指名されたりすれば、国内で反発が起きることも予測されたため、結局国王は長男のヘンリーを選んだのである。

「そう言えば、一度目の人生では万年筆を渡したのよね」

これからもお仕事頑張ってください。そういう意味を込めてミレイユは彼に万年筆をプレゼントしたのだが、彼はそれを受け取るなり激昂《げきこう》した。

『僕が仕事ができないやつだっていいたいのか！　お前からのプレゼントなんて必要ない！』

彼はそう言って、万年筆を床に叩《たた》きつけて部屋から出ていった。

だから二回目はプレゼントを渡さなかった。

すると——

『お前はそういう気も使えない女なんだな。ドロシーは僕の立太子を祝ってくれたぞ』

ほら、と言って差し出してきたのは、ミレイユが一度目の人生で彼に渡した万年筆と全く同じものだった。

そして、三回目。ミレイユは迷っていた。昨晩床につくまで迷っていた。

プレゼントを渡すと怒られ、渡さなかったらなじられる。

迷った挙げ句に、ミレイユは無難なものを渡すことにした。

渡しても渡さなくても非難される。

けれど、プレゼントを渡したときは一度怒られただけで済んでいたが、渡さなかったときはなにかにつけて何度もそのことを話題に出され、『こいつは気が利かないからな』と冷たく言い放たれた。同じように冷たくされるのなら、前者のほうがまだマシだ。

それに、一度目の人生のときに渡した万年筆は数か月前から用意していたもので、彼の誕生石を埋めて名前も彫った特注品だった。

だから壊されたときはそれなりにショックだったが、無難なものならば受け取られなくても壊されてもさしてショックではないだろう。

「でも、殿方ってどんなものが好きなんでしょう」

そうつぶやいた時、頭の中に浮かんだのはジルの顔だった。

男性の知り合いが少ないミレイユにとって、ジルは男性の意見を聞かせてくれる貴重な人間だ。彼ならばなにか良いプレゼントを思いついてくれるかもしれない。

「ちょっとお願いしてみようかしら」

ジルと二人で街を巡る。そんな光景を想像して、ミレイユは僅かに頬を染めた。


「あの、ジル様。もしよかったら、今日一緒にお出かけしませんか？」

ミレイユがそう言ったのは、馬車を降りた直後だった。小首をかしげる彼女に馬車まで迎えに来てくれたジルは少しだけ驚いたように目を見開く。

「出かける？」

「実は、買いたい物があって。もしよければ一緒に……と」

「それは、二人っきりで、ということか？」

「はい！　あ、もし、お嫌でしたら――」

「嫌じゃない」

食い気味に言われ、ミレイユは口をつぐんだ。

最初は無理をしているのかと思ったのだが、手で隠した口元はわずかに弧を描いているように見える。

「いや、その。君がいいんなら、一緒に行こう」

「わ！　いいんですか！」

「あぁ。……ちなみに、なにを買いに行くんだ？」

「ヘンリー様へのプレゼントを買いたいな、と思いまして」

ここで、あからさまにジルの表情が曇った。

海溝よりも深そうな眉間のシワを見ていると、先ほど一瞬だけ嬉しそうに見えたのはなにかの間違いだったのではないかと思ってしまう。

「あの、無理そうでしたら、私一人で」

「大丈夫だ」

「でも……」

「平気だ」

あんなに嫌そうな表情をしていたのに、ジルの態度は頑《かたく》なだった。

どうやら一緒には行ってくれるらしい。

ミレイユはそんな彼の態度に少しだけ考えた後、「ありがとうございます」と頭を下げた。

「じゃぁ、このまま行くか」

「このまま？　あ、でも、その……」

胸を大きくするための訓練はどうするのかと、ミレイユはまごまごしてしまう。

すると、彼女の気持ちを察したのだろうジルは彼女の耳元に口を寄せた。

「それは、帰ってから、な」

甘ったるいその声に、ミレイユは頬を染めながら「…………はい」と頷いた。


五分ほど馬車を走らせると、貴族街の中心――ノーブルヴィスタ大通りに出た。

整備された幅の大きな道の左右には貴族御用達《ごようたし》の有名な店がずらりと並んでいる。

これらの店のいくつかには王家御用達の商品も置かれており、店の看板にはそれを証明する紫色の王家の紋章が刻まれていた。

二人は馬車の中から店を眺めている。

「で、なにを買うかは決めてきているのか？」

「実は、まだ。もしよかったら、ジル様の意見もお聞きしたいなと思いまして」

「別にそれは構わないが、俺とヘンリーの好みが似ているかどうかはわからないぞ？」

「でも、私が一人で選ぶよりはきっとヘンリー様の好みに近いものが選べる気がしますので……」

ミレイユだって、せっかく選んだプレゼントを捨てられたいわけじゃない。

できるならば大切に、じゃなくても使ってほしいと思っている。

それはヘンリーがどうこうという話ではなく、物がもったいないからだ。

大通りの端に馬車を停《と》め、二人は降りた。

どうやらここで二人を待っていてくれるようで、御者の男は二人に向かって、楽しんできてください、というように軽く頭を下げた。

そんな彼に会釈を返し、二人は並んで歩き始めた。

「そう言えば、護衛の方とかは連れて行かれないのですか？」

歩き始めてすぐ、ふとジルが皇族だったことを思い出し、ミレイユはそう聞いた。

すると、ジルはミレイユを見下ろしながら優しく微笑む。

「大丈夫だ。見えていないだけで護衛はついてきている。あんまりぞろぞろと引き連れていると、変に目立つだろう？　ここでは俺の顔を知っているもののほうが少ないからな」

「確かに、そうですね」

ミレイユは頷いた。

それにここは王都の貴族街だ。

警備の兵の数も段違いだし、治安はこの国で一番いい。中流階級の女性ならば、一人でも安心して出歩ける街である。

「それに、大概の人間なら誰が来ても俺が一人で対処ができる。こんなことで後れを取るような訓練はしていないからな」

「訓練？」

「しておかないと、もしものときに大変だろう？」

もしものとき、と首を傾《かし》げてハッとした。

そう言えば、帝国では数年前まで戦争をしていたのだ。

今では内乱も含めて争うことは少なくなっていると聞くが、もしかするとジルも戦争に参加していたのかもしれない。

そう思った瞬間、ミレイユの全身からさあっと血の気が引いた。

「もしかして、ジル様は戦争におもむかれたことがあるんですか？」

「あぁ、まぁな」

「お、お身体は大丈夫ですか？　怪我《けが》とかはされませんでしたか⁉」

ミレイユはどこか慌てたようにそう聞いた。

皇族が前線に立つということはあまり考えられないが、ジルは皇位にあまり関係のない第三皇子だと聞くし、戦線が悪いと士気を上げるために上の位のものが兵士を鼓舞するために前線まで上がってくるとも聞く。

ミレイユの焦り具合が面白かったのだろう、ジルは一瞬だけキョトンとした後、ぷっとふきだした。そして、ミレイユに全身が見えるように軽く両手を広げてみせる。

「見ての通りだ。心配ない」

「そう、ですよね」

服の下まではわからないが、とりあえず日常生活に支障がある怪我はしていないようだ。というか先程の『一人で対処できる』という発言を鑑《かんが》みるに、怪我をしていたとしても、大した怪我はしていないのかもしれない。

ミレイユがほっと胸をなでおろすと同時に、ジルが隣で笑う気配がした。

「君はやっぱり優しいな」

「え。やっぱり?」

「……出会った頃の印象と比べて、だ」

そういうジルはミレイユを見ているようで、どこか遠い別の誰かを見ているような気がした。

「でも、大変でしたね。戦争って……」

「この国は長らく平和だからな」

「そう、ですね」

ミレイユの父の時代には内乱もあったらしいが、それも小競り合いと呼べるほどの小さなものだったという。他国との争いなど祖父の代まで遡らなければない。

「あ、そういえば、大丈夫でしたか？」

「なにがだ？」

「あの、戦争に行かれた方は心の方にも変調をきたされることもあるとか」

昔、祖父から聞いた話を思い出しながらそう聞くと、彼は優しく微笑んだ。

「そっちはな、危なかった時期もあったが、なんとかなった」

「なんとか？」

「あぁ。とある女性のお陰でな」

ジルはミレイユを見つめたまま目を細める。

慈愛に満ちたその微笑みと頬がほんのりと色づいたのを見て、ミレイユは、あぁ、と、一人納得をした。

「ジル様は、その女性のことがお好きなのですね？」

「は？」

「違うのですか？」

ジルの頬がじわじわと赤くなる。

その後の返事を聞かなくても、表情だけで答えは十分だった。

「そう、だな」

瞬間、心臓の辺りがぎゅっと苦しくなった。

思わず下がりそうになった口角をミレイユは無理やり引き上げる。

「そう、ですか」

なぜだか言葉がつっかえて上手に出てこなかった。

前の人生ではジルとこういう話はしなかった。

戦争に行っていたことも、それで彼が心を壊しかけたことも、その心をとある女性になんとかしてもらったことも。ミレイユはなにも知らなかった。

（あ、でも……）

前の人生で、ジルは必要以上にミレイユに触れてこなかった。

あんなに仲良くしていたのに、触れ合いらしい触れ合いは数えるほどしかしていない。

肩を抱き寄せられた事はあるが、それもたった一回だけだ。

（もしかすると、前の人生のジル様も帝国に想い人がいたのかもしれないわね）

その事実に思い至ると同時に、また胸が痛くなった。

どうして胸が痛くなるのかは、あまり考えないようにした。

考えてしまったら、答えに行き着いてしまったら、その時点ですべてが終わってしまうような気がしたからだ。

「ミレイユ」

呼びかけられて、ミレイユは「え？」と顔を上げた。それと同時に、手を握られる。

ミレイユが目を瞬かせていると、ジルは「だめか？」と小首をかしげた。

「だめじゃない、です！」

「そうか、よかった。……迷子になると困るからな」

最後の理由が取ってつけたように聞こえたのは、きっとそれがミレイユの願望だからだろう。

きっと彼は本当に迷子にならないためにミレイユと手を繋《つな》いだに違いない。

決して繋ぎたかったからでは……

「それじゃ、どこから見て回ろうか」

ミレイユはぐるぐるとまわり始めた思考を止めて顔を上げた。

「それじゃ、そこのお店からで……」

「わかった」

好きな女性が（自分以外の）好きな男に贈るためのプレゼントを一緒に探している。

◆◇◆

言葉にするとなかなかの威力のそれに、ジルは隣のミレイユに気づかれないように小さくため息をついた。一方のミレイユは、真剣な表情で手元にある瓶の香りを確かめている。

二人は香水の専門店にいた。

様々な香りをオーダーメイドで作れるそこは、貴族の女性たちの中でも有名な店だった。

まだ正式な王家御用達とまではなっていないが、ヘンリーの母親であるアンがここの香水を以前の夜会につけてきたこともあり、御用達になるのも目前なのではないかと囁かれている。

（香水、か）

ミレイユの選んだ香りをヘンリーが纏う。

その様子を想像しただけで、ちょっと腹の奥にどす黒い感情が湧き上がってくるのを感じた。

落ち込んでいるという以上に、羨ましい。

しかし、ジルはそんな事などおくびにも出さずに彼女に声を掛ける。

「いい香りは見つかったか？」

「えっと。実はまだ」

「そうか……」

「ヘンリー様がどんな香りが好きなのかわからなくて」

彼女は困ったように頬を掻《か》く。

「何度か一緒にダンスを踊ったこともあるんですが、どんな香りを纏っていたかも思い出せなくて。ジル様になら、こんな香りが好きかな、とか思いつくんですが」

「俺になら？」

「いつも甘い香りを纏ってらっしゃるので、このあたりとか」

そうやって差し出してきた小瓶を手に取る。そして、彼は手で仰ぐように香りを確かめた。

「……いい香りだな」

驚いたような声が出たのは、本当に自分好みの香りだったからだ。なんなら、いまつけている香水よりも好みかもしれない。

「でしょう？」

ジルの反応が嬉しかったのだろう、彼女はそう言って笑った。

その顔にまた驚く。

ミレイユの笑った表情が夢の少女の表情にピッタリと重なったからだ。

引き上がった頬も、細められた目も、思わずかぶりつきたくなるほどの唇も。

ミレイユと夢の少女が同一人物だということをもう疑ってはいなかったはずなのに、確信を得てしまった気分だった。

「ジル様。私がこれを贈ったら受け取ってもらえますか？　その、今までのお礼です」

「……お礼？」

「いつも付き合わせてしまっているので……」

ミレイユの頬が赤く染まったのは、ベッドでの行為を思い出してしまったからだろう。

ジルはそんな彼女に笑みを浮かべ、近くの棚にあった瓶を手に取った。

「それなら俺からも贈っていいか？」

「え？　でも私、ジル様になにもしていませんが」

「今日誘ってもらったじゃないか」

「でも、それも私の用事で――」

「理由がなくても、俺が贈りたいんだ。お礼というのなら、受け取ってもらえないか？」

その言葉にミレイユは目を大きく見開いた。

その表情をどう読み取るのが正しいかわからず、ジルは眉尻を下げた
「もしかして、迷惑だったか？」

「いいえ。とっても嬉しいです」

思わず抱きしめてしまわなかったことを、褒めてほしいぐらいだった。

それぐらい、はにかんだミレイユはかわいくて愛おしかった。

それから、ヘンリーへのプレゼントを買って、店に入り、街でお茶をした。

すごく、すごく、楽しい時間だった。

今まで生きてきたどの時間よりも楽しくて、夢で見た何倍も美しい時間だった。

声を上げて笑うミレイユを、ショコラが美味《おい》しいと頬を緩ませるミレイユを、鼻歌を歌うミレイユを、ずっと見ていたいと思った。

だけど、楽しい時間はあっという間に過ぎていって、気がつけばもう馬車に戻る時間になっていた。

二人が馬車を降りた通りに戻ると、御者が彼らを見つけて頭を下げた。

それを見てミレイユが足を止め、こちらに向き直る。

「今日はありがとうございました。おかげでいいプレゼントが買えました！」

「そうか。……役に立てたならよかった」

「ジル様がいなかったら、もっとプレゼントで悩んでいたと思います」

ミレイユにつられるようにジルが微笑みを浮かべると、彼女はさらに笑みを濃くした。

彼女との逢瀬《おうせ》は、とても楽しく離れがたい時間だったが、ジルは一つだけ気になっていたことがあった。

「んっ……」

それがこの声だった。

今日一日一緒にいて、彼女は何度かこんな甘い声を漏らしていた。

それはベッドで乱れているミレイユが上げるものと同じもので、けれど彼女がそんな声を上げる理由が全くわからなかった。

ミレイユが声を上げるのは、歩いているときだったり、店に入ったときだったり、店員に注文しているときだったり、様々だ。

けれどそのどれもでジルは彼女に性的ななにかをしたわけではないし、触れてさえもいないことがほとんどだった。

しかし、声を上げた直後は必ず胸元に視線を落としているので、おそらく原因はそこだろうということだけがわかっていた。

自分の声に気がついてじわりと頬を染めるミレイユに、ジルは「どうかしたか？」と声を掛ける。

ミレイユは「なんでもありません」と慌てて首をふる。

恥ずかしいのだろう、彼女の顔がさらに赤くなった。

二人が乗り込んだことを確認して、馬車が走り出す。

「ぁんっ」

ミレイユがそう声を上げたのは、石を踏んだ馬車の車体が軽く跳ねたからだった。

ジルはたまらず隣に座るミレイユを覗き込んだ。

「本当にどうしたんだ？」

「な、なにがですか？」

「さっきから、可愛い声を上げているだろう？」

ミレイユの顔はじわわわわ……と更に赤くなった。

「な、なんでもありません」

「そういうふうには見えないがな」

「き、気のせいです！」

なにかあるのにもかかわらず、頑なにそれを教えようとしないミレイユに片眉が上がる。

正直に言えば、少しだけ気に入らなかった。

彼女に隠し事をされているという事実が、なんだかちょっと不快だった。

だからなのかもしれない、こんな自分らしくない方法を採ってしまったのは……

「本当に気のせいか、見てみるか？」

「へ？」

「今日の分がまだだっただろう？」

そう言って服の上から胸元をさわると、ミレイユはひときわ大きく「ぁんっ」と声を上げた。

感度がいい。というか、よすぎる気がする。

胸を揉み続けながら首に唇を寄せると「ん、んんっ」と彼女がこちらにすがりついてきた。

「ここで、するか？」

「そ、それは……」

「こんなところで下着姿になっていたら、御者も驚くだろうな」

「やっ」

さすがに馬車の中で女性を剥くなんてことは考えていなかったので、それは単なる脅しだったのだが、ミレイユはまっすぐにそれを受け止めたらしく、首を横にぶんぶんと振った。

そして、正直に話し始めた。

「さ、最近。胸が……」

「胸が？」

「胸が、敏感になってしまったみたいで……」

恥ずかしいのか、ミレイユの目尻が僅かに濡《ぬ》れた。

「今まではそんなことなかったのですが、ジル様に触ってもらうようになってから下着の布が触れるだけで、身体が変に反応してしまうんです。いつもは対策として布を巻いているんですが、なんだか服の中でそれが取れてしまったようで。それが胸を刺激するみたいで……」

その話を聞いて、ジルは原因が自分だと理解した。

要するに可愛がりすぎたのだ。

欲望のままに彼女の身体を組み敷いた結果がこれである。

しかも、昨日だってジルは彼女の服を剥《は》いだのに、そのことに全く気が付かなかった。

ジルは彼女の体に触れていた手を止めて、顔を覆った。

やりすぎた。完全にやりすぎた。

「それなら今日は――いや、当分はこういうことはやめておこう」

「え！」

「再開はしばらくしないほうがいいだろうな。というか、そもそもこんなものは迷信で――」

「や、やっぱり、負担でしたか？」

言葉を遮るようにそう言われジルは「ん？」と顔を上げる。

すると不安げなミレイユと目があった。その顔色は先程とは違い真っ青になっている。

「わ、私の身体に触れるの、やっぱり、その、お嫌でしたか？」

「……なにを言っているんだ？」

「だって、あの、その……」

ミレイユはしどろもどろになりながら、視線を彷徨わせる。

どうしてそんな話になったのか全くわからないジルは、黙ったまま彼女の次の言葉を待った。

「いつも、すぐ出ていってしまうじゃないですか」

「……なんの話をしている？」

「いつも、胸を触った後、部屋からすぐに出ていってしまいますよね？　あれって、やっぱり私の身体に触れるのが嫌だから……」

「は？　……はぁ⁉」

ミレイユの言葉の意味をようやく理解して、ジルは口を半開きにしたまま固まった。

彼女の身体を触ったあと、確かにジルはそそくさと部屋を後にする。

しかし、それは彼女が考えているような理由からじゃない。

むしろ、それは彼女のことが好きすぎるからで――

ジルは膝の上で握られているミレイユの手をぎゅっと握った。

「それは違う。君に触れたくないとか、君のことが嫌いとか、そういうことじゃない」

「そう、なんですか？　それでは、なぜ……」

「なぜって……」

言いたくない。こんな恥ずかしいこと、絶対に言いたくない。

けれど、こちらを見つめるミレイユの瞳には不安が見て取れる。

きっとミレイユは、ジルが彼女の胸が感じやすくなったことを理由に、元々嫌だったベッドでの行為をやめようとしていると思っているのだろう。

しかし、それは断じて違う。

ジルにとって彼女との時間は一日の中でいちばん大事な時間だ。

しかし、それをわかってもらうには、どうしてジルが行為の後、部屋から出ていくのかを説明しなくてはいけないだろう。

そうでなくては彼女の不安は完全に拭い去ることはできない。

ジルは散々迷った挙げ句、小さく息を吐きだした。

「その、一人で処理をしていたんだ」

「え。処理？」

「だから、一人で……」

「ひとり？」

ミレイユは心底意味がわからないというような顔で、ジルの言葉をただただオウムのように繰り返す。このとき始めて、彼女の初さが嫌になった。

いつもは男なんて自分だけ知っておけばいいと思っているのに、勝手なものである。

ジルはミレイユの耳元に唇を寄せる。

そして、まるで内緒話をするときのような格好で、毎日自分の身体に起こっていることを話した。

最初は不安げな顔で真剣に話を聞いていたミレイユだったが、時間の経過とともに顔色は、青から桃色、桃色から赤へと変わっていった。

最後にはもう聞いていられなくなってしまったのだろう、湯気の出そうな真っ赤な顔を両手で顔を隠すまでになってしまっていた。

「……ということで、不安にさせてすまなかった」

「わ、私こそ、そんなことを言わせてしまってすみません」

二人の間に微妙な沈黙が落ちる。

しばらくの沈黙の後、ミレイユはおずおずと口を開いた。

「あ、あの。それってひとりじゃないといけないんですか?」

「は?」

「わ、私のせいで、そういう事になってるんですよね? 私が一緒に、しょ、処理をするっていうのは、できないんですか?」

頬を染めつつ、こちらをじっと見上げてくるミレイユに一瞬だけ『かわいい』と思ってしまって、あわてて首を振った。

見上げてくる顔は可愛いが、言っていることは凶悪だ。

「ミレイユ。自分が何を言ってるのか分かってるのか?」

「あ、はい。その、なんとなく」

答えるミレイユは指の先まで真っ赤になっている。

どうやら本当に意味がわかって言っているらしい。

経験はなくても知識はまったくないというわけではないようだ。

ジルは眉間のシワを揉みつつ、言葉を選ぶ。

「君の気持ちは嬉しいが、こんなことに責任を感じなくてもいい」

「でも……」

「これは俺の身体の問題で、生理現象だ。だから、その、放っておいてくれて構わない」

できるだけ優しく言ったつもりだったが、彼女はジルの言葉を拒絶と受け取ったらしい。

彼女は赤かった顔色を収めて、すぐさまうつむいてしまった。

「すみません」

「……いや」

「でも、これは責任とかじゃなくて」

ミレイユの言葉に顔を上げると、彼女と目があった。

彼女の小さな手がジルの服の裾をぎゅっと掴んでいた。

「寂しかったんです」

「寂しかった？」

「もうちょっと、一緒にいたいなっていつも思っていたんです」

ときめくというものがどういうものか、ジルはここで初めて知ったような気がした。

今すぐにミレイユの肩を引き寄せて抱きしめたい衝動をなんとか堪えて、ジルは低い声でこう懇願した。

「頼むから、あんまり可愛いことをいわないでくれ」

◆◇◆

ジルとのデートを終えた翌日。

ミレイユは鏡の中にいる着飾った自分と向き合いながら、そっと息をついた。

「最悪の気分だわ」

そういってしまうのは、その日の予定のせいだった。

今日、ミレイユはヘンリーに会う。そして、彼にプレゼントを渡す。

プレゼントは受け取ってもらえるのか、破棄されるのか、押し返されるのかはわからないが、ろくな結果にならないだろうということだけはこれまでの人生からわかっていた。

「でも、行かないわけにはいかないわよね」

ミレイユは鏡の中の自分を説得するようにそう口にする。

あとから詰られるのも勘弁だし、なによりジルと一緒に選んだプレゼントが無駄になってしまうということが嫌だった。

ミレイユは鏡越しに机の上においてあるヘンリーへのプレゼントを見た。

片手で持つにしては少し大きな木箱には、ジルと一緒に選んだ金属の香炉が入っている。

それと、海外から取り寄せたという乳香。

甘い酸味のある香りが特徴のお香で、男女ともに人気のあるものだ。

今回選んだ乳香は香りがとても強いものらしく、同じ重さの金と交換できるほど高価だった。

（値が張ってしまったけれど、安価なものは受け取ってくれないから仕方がないわよね）

ミレイユとしてはプレゼントは値段ではないと思うのだが、どうやらヘンリーはそうは思っていないらしく、プレゼントの値段=愛情の大きさと考えているようだった。

ヘンリーがこの乳香の値段に気づくかどうかという問題はもちろんあるが、お金をかけるだけで受け取ってもらえる確率が高くなるならばいくらでもお金をかけるべきだろう。

『頼むから、あんまり可愛いことをいわないでくれ』

香炉の入った箱を見つめていると、ふと、昨日のジルの言葉が耳朶《じだ》に蘇ってきた。

それと同時に頬が熱くなる。

昨日はあの後、なにもなかった。

ミレイユの胸のことを気にしてか、その後一緒にジルの寝室へ向かうこともなく、ミレイユはそのまま馬車でディティエ家に送られた。

そのことに少しも寂しさを感じなかったと言えば嘘になるが、ミレイユはそれよりも馬車の中で言ってしまった言葉に後悔をしていた。

『私が一緒に、しょ、処理をするっていうのは、できないんですか？』

なんて大胆なことを言ってしまったのだろうと思う。

もうあの時には、ジルが寝室からそそくさと立ち去る理由も、彼の言う処理の意味もわかっていたのに。

あんな破廉恥な言葉、まるで自分の言葉ではないかのようだった。

「まるで、私がそうなることを望んでいたみたい……」

そんなことあるはずがないのに、あってはならないはずなのに。

自ら放った言葉がじわじわとミレイユの心に侵入してきて、まるでそれが答えだと言うようにゆっくりと馴染《なじ》んでいく。

(ジル様はお友達。ジル様はお友達。ジル様はお友達)

ミレイユは自分の心にそう言い聞かせる。

あの優しく細められた瞳も、大きな体躯も、熱い体温も。

全部全部頭の中から追い出して、ただそれだけ思う。

だって、もし本当にそうだったら、自分が可哀想だ。

結局ジルはあんなことを言ったミレイユに指一本触れることなく帰してしまったのだから。

これはもう、脈がないのと同義だろう。

それに、彼は母国に好きな人がいる。

小さく息を吐きだして、気持ちに蓋をした。

そして、机の上においてあった木箱を手に取る。

ふわりと香った香水は、昨日ジルがプレゼントしてくれたものだ。

その香りに、『頑張れ』と背中を押されたような気がした。


馬車が王宮に付くと、先にミレイユの父――ニルスが降りた。

そしてこちらに手を差し出してくる。

ミレイユは父の手に自らのそれを重ねて馬車を降りた。

ミレイユが王宮を訪問する表向きの理由は、国王に呼び出された父の付き添いだ。

しかし、これらは国王とニルスがヘンリーとミレイユを会わせるための茶番劇である。

つまり、いつまで経ってもミレイユが婚約者であることに納得しないヘンリーとミレイユを会わせるためのものなのだ。

「ヘンリー、いつものようにミレイユ嬢をもてなしてきてくれ」

広々としたサロンでニルスとミレイユを迎えた国王は、ヘンリーに向かってそう指示を出す。

ヘンリーは少しも嫌な素振りなど見せず、むしろどこか嬉しそうに「はい。父上」と返事をして、こちらに視線を向けた。そして、優しく微笑む。

「それじゃ、行こうか。ミレイユ」

「はい」

ミレイユは立ち上がり、ヘンリーについていく。

そうして、いつものようにサロンの隣にある部屋に入った。中には使用人などはおらず、扉を閉めると完全に二人っきりになってしまう。

本来ならばありえないことだが、おそらくこれも国王と父の余計なはからいというやつだ。

要するに、若い男女に間違いがあればいいと思っているのである。

（まぁ、ヘンリー様は私に全く食指が動かないようなので、関係ないですけど）

部屋につくなり、ヘンリーはため息をついた。

先程まで見せていた微笑などもうどこにも見えない。

本当に外面だけはいい男だ。

彼は大股で部屋の中心にあるソファまで歩いていくと、真ん中にどかんと腰を落とした。ミレイユも正面のソファに腰を据える。

無理矢理二人っきりにされた後、いつもこうして一時間ほど時間を潰す。

それは一週間に一度の恒例行事になっていた。

いつもは無言のまま一時間じっと耐えて終えるのだが、今日はそういうわけにもいかない。

ミレイユは軽く息を吐きだすと、きゅっと唇を引き結んだ。そして、立ち上がる。

最初からこの部屋に通されることは分かっていたので、彼へのプレゼントは使用人に頼んでもう部屋におかせてもらっていたのだ。

彼女は円卓の上に置いてあるそれを手に取るとソファにもう一度腰掛けた。

そして、興味深げにこちらを見つめてくるヘンリーにローテーブルの上をすべらせるようにしてそれを差し出した。

「これは、お祝いです。この度は王太子へのご指名、おめでとうございます」

できるだけの笑みを浮かべてそう言えば、彼は「ん」とそれを受け取った。

そして、「へぇ」と興味なさげに眺めた後、すぐさま箱を開ける。

木箱の方にも巧みな意匠が彫られているというのに、彼は全く興味を示さなかった。

ジルとこれらを選んだときには箱の意匠がすごいと会話の花が咲いたのに。

「これは、香炉か」

ヘンリーの声がワントーン上がる。どうやらお気に召したらしい。

続けて「こっちは乳香だな」と唇の端をあげたので、きっと値段のほども伝わったのだろう。

順調だ。概《おおむ》ね順調である。

ミレイユは柔和な、妖精とも評される笑みを浮かべたまま、軽く頭を下げた。

「これからも応援しております。ヘンリー様」

「あぁ」

ヘンリーは相変わらずそっけない態度だが、香炉を壊されることも突き返されることもなかったという事実に、ミレイユはほっと胸をなでおろす。

とりあえず、今日のミッションはクリアだ。

後はいつもどおりにただただ時間がすぎるのを待てばいいだけである。

(やっぱりジル様にプレゼント選び付き合ってもらってよかったですわね)

きっと一人だったらこうはうまくいかなかっただろう。

なぜなら香炉も乳香もジルが出してくれた案だからだ。

(明日にでもなにか御礼の品を持って伺わないとね)

ミレイユがそう明日の予定に胸を躍らせている時だった。

「君もよくやるよな」

ヘンリーの声が彼女の思考を割って入ってくる。

顔を上げれば、彼がニヤニヤとこちらを見て笑っていた。

二人っきりで彼の笑みを見る機会は殆《ほとん》どないのだが、なんだか少しだけ嫌な予感がした。

「なにがでしょうが?」

「こうやって父にまで頼み込んで僕に会う機会を作ってもらうなんて、君は本当に涙ぐましい努力をするやつだなと思ってな」

「……はぁ」

「しかも、こんなに高価なプレゼントまで用意して。僕が君に興味がないのは分かっているだろうに、本当に健気《けなげ》というか、なんというか」

どうやらヘンリーの中では、ミレイユは彼に惚《ほ》れている、ということになっているらしい。

こうやって一週間に一度部屋に二人っきりで閉じ込められるのも、ミレイユがそう望んでいるからだと思っているようだった。

「でも僕は、君と婚約するつもりはない。今は父が君を推しているからこんな茶番に付き合っているだけだ。変に希望を見出《みいだ》さないほうがいい」

「……そうですか」

なんと答えるのが正解かわからなくて、ミレイユはそれだけ答える。ミレイユのそんなそっけない態度をどうやらヘンリーは落ち込んでいるからだと解釈したらしく、さらに唇の端をあげた。

「可哀想だな、ミレイユ。君がもうすこし大人びていたのなら、まだ考えたんだが」

「はぁ」

「というか、大人びていたら、完璧だったんだがなぁ」

彼が大人びていてほしいのは胸囲の話で、決して精神的なものではない。

そうだとわかっているのに、まるで自分がドロシーよりも未熟だと言われているようでミレイユはわずかに眉を寄せた。

「ところでミレイユ。ものは相談なんだが、君の方から婚約破棄——いや、婚約辞退をしてもらえないだろうか」

「え⁉」

ひっくり返った声を上げてしまったのは、それが到底無茶なお願いだったからだ。

ミレイユだってこの婚約者争いから降りられるのなら降りている。

しかし、一度国王が認めてしまったものを一臣下である彼女の父親がひっくり返せるわけがない。

ましてやミレイユが異を唱えることなどできはしない。

「ヘンリー様が陛下に直談判《じかだんぱん》すればいいのではないでしょうか？」

「そんなことをしたら、父の僕への評価が落ちてしまうじゃないか。でもだからといって、僕はドロシーとの結婚を諦めきれないし……」

だから、嫌なことをすべて引き受けて、自分とドロシーの幸せのために悪役になってくれ。

ヘンリーはそう言っているのだ。

これにはさすがのミレイユもイラッとしてしまう。

ミレイユだってヘンリーと結婚したいわけじゃない。

というか、一度たりとも結婚したいと思ったことなどない。

今までミレイユが彼との結婚を受け入れていたのは、それが彼女に与えられた使命だったからだ。

生まれたときから与えられていた運命だからだ。

だから、粛々と受け入れていただけで、ヘンリーのことは一度たりともいいなと思ったことはない。

なんでそんな彼のために、自分が泥をかぶらないといけないのだ。

悪役にならないといけないのだ。

しかも父まで、ディティエ家まで、すべて巻き込んで。

腹の底が熱い。顔に熱が集まっているのがわかる。

目尻に熱いものがこみ上げてきて、けれどその中に含まれている感情に悲しみなどはないと遅れて気がつく。

あるのは悔しさと怒りだけだった。

気がつけばヘンリーはミレイユの隣に腰掛けていた。

彼は甘えるような声を出しながら、ミレイユの肩に手を回した。

「お願いだよ、ミレイユ。君と僕との仲だろう？」

「嫌です」

「え？」

「お引き受けできかねます」

まさか断られるとは思っていなかったのだろう、ヘンリーは目を丸くした。

ミレイユは色々いいたい気持ちをすべて飲み込んで、端的に伝える。

「ヘンリー様から陛下に言われる方が早いと思います。私から言ってどうこうなるとは思えませんので」

「僕が願っているにも関わらず、断るのか？」

「はい。申し訳ありませんが」

全く申し訳無さそうではない態度で、ミレイユはそう言って頭を下げた。

その頑なな態度にミレイユの気持ちを知ったのだろう、ヘンリーはしばらく黙った後に「わかった」とため息をつくように言った。

ヘンリーの答えに、ミレイユは安堵の息をつく。

その時だった。

「それなら、タダとは言わないよ」

世界がひっくり返った——のではなかった。

気がつけば、ミレイユはヘンリーに押し倒されていた。

赤いベルベットのソファが深く沈んで、ギィ、と嫌な音を響かせる。

驚きすぎて言葉をなくすミレイユの肩を、ヘンリーは両手でソファの座面にぐっと押し付けた。そして、そのまま首筋に唇を寄せた。

「一度だけなら抱いてやる。それなら、いいだろう？」

囁くようにそう言われ、ミレイユは「……え？」とほうけたような声を出す。

それと同時に、自分が今からなにをされそうになっているのかを理解した。

「い、いや！」

ミレイユは慌てて彼を押し返そうとするが、彼の大きな手のひらはもうすでにたくし上がったスカートの中に侵入していた。

そのままミレイユの太ももをゆっくりとなで上げる。

「嫌です！　やめてください！」

「遠慮しなくてもいいよ。ある一点さえ除けば、君の身体も悪くないと思っていたし」

「やだっ！　いやっ！」

「最後に最高の思い出ができるんだ。ちゃんと感謝してくれよ」

耳元に舌が這って、背筋がゾワゾワとした。

彼の指が素肌を撫でる度に悪寒が走り、鳥肌が立つ。

ミレイユが嫌がっているのが見えていないのか、はたまた本気で嫌がっているとは思っていないのか、ミレイユがどれだけ声を上げてもヘンリーは身体をまさぐる手を止めてはくれなかった。

汚かった。ただただ汚かった。

「ミレイユ」

首元で囁いた後、ヘンリーはこちらを見下ろす。

そして、顔を近づけてきた。

(これ――)

キスをされる。

そう思った瞬間、ミレイユは腹の奥底から声を上げていた。

「いやあぁぁ！」

ミレイユの声があまりにも大きかったからか、ヘンリーが怯む。

彼女はその隙をついて彼の身体を力いっぱい押した。

そして、彼の身体の下から這《は》い出ると、部屋から飛び出した。
どこをどう走ったか、覚えていないぐらい必死だった。
とにかくヘンリーから少しでも離れたくて、ミレイユは無我夢中に足を動かした。
気がつけば王宮から飛び出して、彼女は庭園の方まで走ってきてしまっていた。
(駄目だ)
駄目だった。もうすべてが駄目だった。駄目駄目駄目だった。
ミレイユはヘンリーの婚約者候補だ。
だから、彼と将来そういう事をするということも覚悟していたはずだったのに……
なのに、もう――
「もう、無理……」
ミレイユはその場でしゃがみこんだ。
膝を抱え込むとじわりとなにかが布に染みる。
それが自分の涙だということに遅れて気がついて、彼女は更にきつく膝を抱え込んだ。
こんな状態で、ヘンリーと結婚なんてできるはずがない。
だってもう、気持ちが悪い。触れられたくない。
そばにだって来てほしくない。

でも、婚約者争いからは降りることができなくて、このままだとミレイユはまた死んでしまう。

「ジルさま、助けて――」

ミレイユは膝を抱えたまま、ここにいない彼の顔を思い浮かべた。

◆◇◆

誰かに呼ばれたような気がして、ジルは顔を上げた。

振り返り、声の主を探そうとするが、赤いベルベットの絨毯《じゅうたん》が敷かれた廊下には彼以外の姿はない。彼は正面を向き直り、やはり人がいないことを確かめると、首を傾けた。

「今たしかにミレイユの声が聞こえたような気がしたんだが……」

そうぼやいてみるがやっぱり、どこにも彼女の姿は見当たらなかった。

その日、ジルは国王に呼び出され、王宮に来ていた。

呼び出された理由は『親交を深めるための茶会』だったが、実際は帝国の状況をジルの口から聞き出すためのものだった。

どうやら、帝国と事を構えたくないと思っているのはリオン王国も同じらしく、そのあたりの皇帝の考え方などを国王含め貴族たちに根掘り葉掘り聞かれた会だった。

ジルとてもちろん戦争をしたいわけではないので質問には真摯に答えたのだが、ジルの言葉を全員が全員信用しているわけではないということもあり、決して居心地がいい会合ではなかった。

かかった時間は一時間ほどだったが、時間以上に疲れる会だった。

「ミレイユに会いたいな」

先ほど一瞬だけ期待をしてしまったからだろうか、そんな言葉が口の端から漏れた。

昨日会ったばかりだというのに、もうこんなに恋しくて仕方がない。

ミレイユのこちらを見上げてくるエメラルドを思い出すと、ジルの心臓はいつだって鼓動を早めるのだ。

いつか自分はこの国から離れるのに、こんな状態でどうするのかと心配になった。

ジルは表向き、国王の六十回目の誕生日を祝うためにこの国に来ている。

誕生日には国を挙げての催し物が開催され、そこでヘンリーの立太子も発表される予定なのだが、それがもう開催一ヶ月前までに迫ってきていた。

つまり、彼がこの国にいられるのも、ミレイユと一緒にいられるのも、あと一ヶ月である。

「短いな……」

思わずそう呟《つぶや》いてしまった。

ミレイユと一緒にいられる期間としては、一ヶ月は短い。あまりにも短い。

けれど、ジルに許されているのはそれだけなのだ。

彼はそれだけの期間でミレイユへの想いを断ち切って、国に帰らないといけない。

今日の会合で色々探ってみたが、やはりヘンリーの婚約者はミレイユでほぼ決まりらしい。

ヘンリーはまだ首を縦に振ってはいないが、王族の結婚が個人で自由になるわけがないので、最終的には圧力をかけて認めさせる予定だという。

二人の婚約がひっくり返ることがあるのならば、ミレイユが王妃にふさわしくないと判断された場合ぐらいで、ミレイユのこれまでの言動からそれはありえないだろうとまわりは思っているようだった。

『まぁ、あいつは愛妾《あいしょう》さえ認めればなんとかなるだろう』

国王が放った言葉が心をひっかく。

ジルだって王族の結婚が愛だけで成り立つとは思っていない。

けれど、最初からここまでないがしろにされるのはどうなのだろう。

ミレイユはそんなふうに『仕方がない』で手に入れていい女性ではない。

「いっそのこと、さらってしまうか」

ミレイユが幸せになれない結婚なら、なおのこと。

（しかし――）

それで喜ぶのはジルだけだろう。

特にヘンリーに想いを寄せているミレイユからしてみれば迷惑なだけの話である。

結局のところ、どこまで行ってもお邪魔虫なのはジルの方で、彼女のためを思うのならば、彼はここで身を引くべきなのだ。

そんなことを考えている時だった。

ジルは正面から歩いてくる人影に気がつき、顔を上げた。

相手も同時に顔を上げ、視線がぶつかる。

「あぁ、ジル」

柔和な表情を浮かべてこちらに手を上げたのはヘンリーだった。

いつもどおりの澄ました顔だったが、服装や髪型には普段にはない乱れがある。

胸元まで開いたボタンに妙な胸騒ぎを感じつつ、ジルの視線は彼の手まで滑り落ちる。

そして固まった。

ヘンリーの手には、見覚えのある木箱があった。

巧みな意匠が彫られたそれに、昨日のミレイユとの思い出が頭をかすめる。
それは、昨日ミレイユがヘンリーのためにと選んだプレゼントだった。
つまり――
（ヘンリーとミレイユは会っていた……？）
そういえば、今回の会合にミレイユの父親も顔を出していた。
もしかすると、ミレイユは父親と一緒にこの王宮に来たのではないだろうか。
そして忙しい父親の代わりにヘンリーが彼女の相手をしていたのではないだろうか。
そう考えたところで、彼の髪型や服装の乱れに目がいって、息が詰まる。
もしかして、ヘンリーはあのプレゼントを思いの外気に入ったのではないのだろうか。
だから二人は盛り上がって、そのまま――
想像なんてしたくないのに、ジルの頭は勝手に二人が睦《むつ》み合う姿を思い浮かべていた。
ヘンリーはジルのそばまで来ると足を止める。
そして、人の良さそうな笑みをこちらに向けた。
「こんなところで珍しいね、ジル。何をしていたんだい？」
「……少し、茶会に呼ばれてな」
「もしかして、父上に？　すまないね。気を使わせただろう」

いつもどおりの気さくな態度で彼はジルの肩をたたいた。

しかし、ジルの視線が自分の手元にあると気が付き、彼も自分の持っている木箱に視線を落とした。

「あぁ、これかい？」

「それは――」

「ただのゴミだよ」

放たれた言葉に、ジルは思わず「は？」と口を半開きにしてしまう。

瞬間、頭に思い浮かんだのはプレゼントを選ぶときのミレイユの顔だった。

『ずいぶん真剣だな』

『はい。できるだけ喜んでもらえるものを選びたいんです！』

その時の会話も、ミレイユの笑顔も、一緒に蘇ってくる。

ヘンリーは今、それらもまとめて『ゴミ』と断じたのだ。

「さっき押し付けられたんだ。僕はいらないっていったんだけどね。全く迷惑な話だよ」

「…………迷惑？」

「あぁ、もしかしてもらってくれたりするかな？」

ジルとミレイユが一緒にそれを選んだと知らないヘンリーは木箱をジルの方向に差し出した。

差し出されたそれをジルが受け取ろうとしたその時、ヘンリーはひょいっと木箱を上に持ち上げる。

「冗談だよ。まさか、本気にしたのか？」

意外そうに、しかしどこか可笑《おか》しそうにヘンリーは笑う。

その表情に彼の底意地の悪さがにじみ出ている気がして、ジルは奥歯を噛《か》み締《し》めた。

普段温厚に接しているからだろうか、ヘンリーはジルの機嫌が最下層に落ちていることに気がつかないようで、楽しげに言葉を続けた。

「たしかにこれはゴミだけれどね。高価なゴミだから。もらうだけもらおうと思ってね。だけど、あの女にもらったと思ったら気持ちが悪いから、知り合いの商人に買い取っ――ぅぐ」

ヘンリーが言葉を切り呻いたのは、ジルが彼の胸ぐらを掴んだからだった。

ヘンリーの身長が一七〇後半。

それに比べ、ジルの身長は一九〇を越えている。

その身長差故に、胸ぐらをつかまれたヘンリーはつま先立ちのような格好になってしまった。

首がしまっているのだろうか、ヘンリーの顔が赤い。

しかしジルは、そんな彼の胸ぐらを離すことなく、更に上に引っ張り上げた。

腹が立っていた。ものすごく腹が立っていた。

どうしようもなく腹が立っていた。

コイツはミレイユの気持ちを、思いやりを、優しさを、なんだと思っているのだろうか。

本当は、このアホ面を殴ってやりたかった。

誰にも殴られたことのなさそうな彼の頬を思いっきり殴りつけてやりたかった。

しかし、すんでのところで思いとどまる。

ジルは、無言のまま彼の胸ぐらを離すと、そのまま脇を通り過ぎた。

ヘンリーはどうしてジルが怒っているのかわからないようで、「な、なんだよ……」と無様な声をジルの背中に向けている。

ジルは振り返ることなく、足を進めた。

最初は歩いていたが、次第に速歩きから小走りへと歩調は早くなる。

（ミレイユ――）

ジルがまばたきをする度に、瞼《まぶた》の裏に泣いているミレイユの姿が映る。

それは完全にジルの想像したミレイユの姿だったが、彼女が今同じように泣いていると思ったら、もう居ても立ってもいられなかった。

気がつけばジルは廊下を駆け抜けて建物から外に出ていた。

たどり着いた庭園で首を左右にふる。

そして、また走る。

ミレイユを見つけたのは、それからすぐのことだった。

彼女は庭園の隅で、膝を抱えて丸くなっていた。

小さい体をさらに小さくして小刻みに震えている彼女は、触れれば壊れてしまいそうだった。

ジルは一拍の躊躇《ちゅうちょ》の後、彼女に声をかける。

「……ミレイユ」

その声にミレイユはビクリと反応した。そして、ゆるゆると顔を上げる。

「ジル、さま……」

こちらを向いた彼女の顔も、瞳も、声も、すべてが濡れていた。

頬を滑る感情の塊が彼女の輪郭からぼたりと大粒の雫《しずく》となって服の上に落ちる。

ジルはミレイユをぎゅっと抱きしめた。

「ジル、さま」

「大丈夫だ」

「ジ、ル、さま……」

なんの根拠もない『大丈夫』に安心したのか、背中に回った彼女の手が服を掴んだ。

そして、ミレイユはジルの肩口に顔を埋めた。

そのまま、彼女は小さく「ジルさま」と口にする。

じわりと肩口が濡れていく感覚に、ジルはミレイユの小さな身体をこれでもかと抱き寄せた。

守ってやらなければ……なんて、だいそれたことを考えたわけじゃない。

ただどうしても放っておけなかった。

放っておけるはずがなかった。

だって、自分の心を、命を、身体を、助けてくれた彼女が——愛おしい彼女が、こんな事になっているのだ。

そして、天秤が壊れた。

（戦争なんか、知ったこっちゃない）

国よりも、民よりも、ミレイユが大切だった。

そんな彼女を幸せにするために、戦争が起こるのならばもうそれは仕方がないことなのかもしれない。

だってジルはその他大勢の知らない命よりも、目の前の彼女の幸せのほうが大切だ。

決して口には出さないけれど、口に出してはいけないと分かってはいるけれど、それはジルの正直な気持ちだった。

もう、誰にも任せておけない。

「ミレイユ」

そう呼びかけると、彼女の身体はビクリと反応した。

ジルはそんな彼女に優しくささやきかける。

「もしよかったら、うちの国に来ないか？」

その誘いに、ミレイユはしばらく固まった後、ゆっくりと首肯した。

第三章

「わぁ！　すごい！　ジル様、すごいです！」

「あまり身を乗り出すな。落ちるぞ」

ジルの胸の中で泣いた日から一週間後、ミレイユの姿は船の上にあった。

彼女はつばの広い帽子を手で押さえながら、船の欄干から身を乗り出している。

そんな彼女の後ろには苦笑するジルの姿もあった。

「すみません。私、船に乗るのは初めてで」

「はしゃぐのはいいが、怪我はしないでくれよ」

「はい。善処します」

二人は船に乗って帝国へ向かっていた。

それは彼からの誘いを受けたから――とかではなく、あれから事態が思わぬ方向へ舵《かじ》を切ってしまったからだった。

『ヘンリーが君に暴力を振るわれたと言っているんだが、本当だろうか？』

ジルに帝国行きを持ちかけられた翌日、ミレイユは国王に呼び出され、そんなことを告げられた。

どうやらヘンリーはミレイユにされたことを誇張して国王に告げたらしかった。

しかしまさか、か弱い女性代表のようなミレイユがヘンリーに暴力をふるったとは国王も思っていないらしく、彼も終始困惑の表情を浮かべていた。

ミレイユは国王からの問いにあったことを簡潔に伝えた。

『立太子を祝うプレゼントを渡した後、ヘンリーに押し倒された。しかし、いきなりのことだったので困惑してしまい、突き飛ばして逃げてしまった』

と。

ヘンリーに言われたことを国王に伝えなかったのは、言っても無駄だと思ったからだ。

あの部屋にはヘンリーとミレイユの二人しかいなかったし、『僕はそんなことは言っていない！　すべてミレイユのでまかせだ！』などとヘンリーに言われた日には、国王だって彼の言うことを信じてしまうだろうと思ったからだ。

いまの国王は賢王だと言われているが、年齢を経てからようやく生まれた三人の息子たちのことが可愛くて仕方なく、彼らのことをすごく甘やかしていると噂されていた。

国王はミレイユの言葉に『そうか』と頷いた後、少しだけ考えるような素振りを見せてから『しばらく、ヘンリーには会いに来ないでくれ』と告げた。彼の態度は、息子の言うことを鵜《う》呑《の》みにしたわけではなさそうだったが、ミレイユの言うことも信じてはいないように見えた。

そこまではまだ良かった。いや、父の狼狽《ろうばい》ぶりを見れば全然よくはなかったのだが、この後のことを考えると、まだ良かった。

地獄だったのは、

『ミレイユ嬢はヘンリー殿下に暴力をふるい、国王から殿下に会うことを禁じられた』

そんな噂が流れ始めてからだった。

社交界ではあからさまに無視されはじめ、かと思えば心無い言葉を投げかけられたりもした。両親や兄も他の貴族や友人から質問攻めにあっているらしく、父親に至ってはそれで流れてしまった仕事もあるということだった。

『少しの間、王都から離れていなさい』

そう父親に告げられたのが、一昨日のことだった。

どうやら彼はミレイユが王都から離れていれば噂は落ち着くと考えているらしかった。

もしくは彼女がいない数週間のうちにどうにかして噂を鎮めようと思ったのかもしれない。

ともかく、父親はミレイユに謹慎を申し渡した。

『それなら、帝国へいかないか？』

謹慎のことをジルに相談すると、彼はそう言ってミレイユの前に膝をついた。以前の『うちの国へ来ないか？』という誘いを半ば冗談だと思っていた彼女はその言葉に驚いた。

『本当はもう少し根回し――準備をしてからもう一度誘おうかと思っていたんだが、そういう事情なら早めても問題ないだろう』

『でも……』

『父上には俺から説明しよう』

迷いをあらかじめ分かっていたかのような返しに、ミレイユは驚いた顔のまま頷いた。

そうして、その翌日にはミレイユの帝国行きが決まっていたのである。

（きっと噂を流したのはドロシーよね）

ミレイユは潮風に髪の毛をなびかせながらそう思う。

噂を流された当初は、控えめに言って絶望していた。

流された心無い噂に断罪された自分の前世を思い出したからだ。

またあのつらい現実が襲ってくるのか。

そう思ったら呼吸をするのでさえも苦しくなった。

しかし、ミレイユは今、これでよかったと思っていた。

だって——

「でもまぁ、船酔いの方はしてないようで何よりだ」

隣にジルがいるのだ。

彼の横顔を見ているだけで、ミレイユの胸は温かくなる。

(私は、きっとジル様のことが好きなのよね)

ヘンリーに押し倒され逃げ出した日。

庭園でうずくまりながら、彼女はジルの事ばかり考えていた。

前の人生でも、その前の人生でも、いつだってミレイユの味方になってくれた、ジル。

ミレイユの心を、身体を、ずっと守ろうとしてくれたジル。

そんな彼のことを、ミレイユはずっと友人だと思っていた。

何でも話せる親友ぐらいには思っていた。

けれど、本当はそうじゃなかった。

もっと前からミレイユは、それこそ人生をやり直す前から、ジルのことが好きだった。

気持ちに気づかなかったのは、自分自身で無意識に蓋をしてしまっていたからだ。

だって、ミレイユが死ぬ運命を逃れたとして、そこに待っているのはヘンリーとの結婚だ。

ヘンリーのことは好きでもなんでもないが、結婚は結婚である。

結婚相手がいるのに、心に他の誰かを入れるなんて、ミレイユの良心が許さなかった。

たとえ、そこにもう誰も入れることができないのだとしても……

（だけど……）

あの日――ジルがミレイユのことを抱きしめてくれた日、全部が壊れた。

自分自身の良心も、ヘンリーへの気遣いも。

そして、感情の蓋が開いた。

（最初、ジル様のことを思い出さなかったのも、もしかすると無意識に忘れようとしていたのかもしれないわね）


だって、出会ったら恋に落ちてしまう。

思い出したら愛してしまう。

触れ合ったら離れがたくなる。

でも、出会ってしまった。

思い出してしまった。

触れ合ってしまった。

だからもう全部全部あとの祭りで、だからこそミレイユは吹っ切れたのだ。
もしかしたら、自分はこの先死んでしまうかもしれない。
無惨に心を、身体を、痛めつけられるかもしれない。
けれど、その時までは彼と一緒にいよう。
彼のそばで微笑んでいよう。
気持ちを受け取ってもらえないかもしれないけれど。
それどころか、告げることさえも許してもらえないかもしれないけれど。
(だって、この国には、ジル様の想い人がいる)
人のざわめきが大きくなる。顔を上げると、対岸がすぐそこに見えた。
「ようこそ、帝国へ」
そう言って微笑んだジルに、ミレイユは微笑みを返した。

◆◇◆

自慢ではないが、ジルは今まで女性に困った事がない。

望む望まぬにかかわらず、彼女たちは気がつけばそばにいて、こちらに身体を預けてくる。

一晩だけでいいからと、半ば、無理矢理押されたこともある。

だからだろうか、ジルは女性の口説き方を知らない。

元々口数が多い方でもないし、女性の喜ぶロマンチックさなど、かけらもわからない。

気心のしれた友人には『お前、そのままだといつか絶対に困るぞ』と言われる始末だ。

（でも、彼女にだけは――）

船から降りるミレイユを見つめながらジルはそう思う。

奇跡や運命とでも名付けて良いような確率で出会った彼女には、きちんと気持ちを伝えなければ。

そうでなくては、絶対に後悔する。一生後悔する。

（だから、苦手でもなんでも、方法がわからなくても、この気持ちだけは――）

彼女が自分の気持ちを受け止めてくれるのか、気持ちを返してくれるのかはわからない。

せめて、この胸の奥にくすぶる気持ちだけは、彼女に伝えておかなくてはならない。

そうでなくては、きっと何かの行き違いが起こってしまう。

だって、ジルは彼女をここまで連れてきてしまったのだ。

いろんな人間を巻き込んで、外堀を埋めて、彼女のことを騙《だま》すように、国に連れ帰ってしまったのだ。

（気持ちを伝える前に、これだけは謝っておかないとな……）

◆◇◆

船を降りると、船着き場にはもう馬車が待機をしていた。

艶やかな黒い馬が引くその馬車は、濃い赤色をしている。

所々に金があしらわれている馬車の派手さに驚いていると、御者がこちらに向かってお辞儀をした。

「ミレイユ様、ですね」

「え？　あ、はい！」

「本当に、お待ちしておりました」

自分の名前を知っていたことに驚いて、次に歓迎されたことにも驚いた。

ミレイユが驚きで目を瞬かせていると、ジルが「さぁ、乗るぞ」と乗車を促してくる。

ミレイユは未《いま》だに混乱したまま馬車に乗車した。

すると、馬車は緩やかに走り出す。

振り返って考えれば、それが最初の違和感だった。

次の違和感は、城についてから襲ってきた。

まさか城に泊まらせてもらえるとは思わなかったのだが、それ以上に困惑したのは自分が通された部屋を見た時だった。

「ミレイユ様、こちらへどうぞ」

その部屋はどこからどう見ても客間には見えなかった。

あまりにも簡素すぎて客間に見えなかった、のではない。逆だ。

白亜と金で誂《あつら》えたその部屋はどこからどうみてもすごく豪華だったのだ。

（迎えに来てくれた馬車といい、もしかして帝国ってすごく豊かな国なのかしら……）

ここに来る前に読んだ本の話では、ヴァンタン帝国はリオン王国よりも規模は大きいものの、ここまでの差はなかったはずだ。

しかし、情報とはときに願望まで内包してしまう事がある。

ミレイユが読んだ本がリオン王国の人間の手で書かれたものならば、あまりにもひらいている国力の差を信じたくなくて、それらを過小に書いた可能性はある。

だって、この部屋などまるで王族の私室のような部屋なのだ。

ここまで案内してきた年配の使用人は、部屋の奥を手で示した。

「寝室はあちらの扉の奥になります」

(寝室も別の部屋にあるのね……)

「今晩は存分にお手伝いさせていただきますね。二人で一緒に、ジル様をメロメロにしてしまいましょう」

「ジル様を?」

「はい。でもその前に、こちらのドレスにお着替えください。ユベール様がお待ちです」

「ユベール様⁉」

それは確か皇帝の名前だったはずである。

ミレイユが驚いていると、使用人の女性は楽しそうに笑った。

「はい。ジル様からご連絡があった日から、この国はお祭りムードです。ユベール様もこの日をすごく心待ちにしていたんですよ」

「心待ちに?」

正直、意味がわからないと思った。

ミレイユがこの国に来ることを、ジルはあらかじめ手紙などで伝えていたのだろう。

それは理解した。

理解はしたが、どうしてそれで国民が『お祭りムード』になるのだろうか。

皇帝がミレイユのことを『心待ち』にするのだろうか。

混乱しているミレイユを置いて、年配の使用人は本当に嬉しそうにこちらに微笑みかける。

「ジル様はこの国の英雄ですからね。この国の人間は皆誰しも彼に幸せになってほしいと思っているんですよ」

「英雄？」

「はい。ジル様は、数々の戦争を勝利に導いてくださった英雄です。彼が赴いた戦場で、我が軍は全戦全勝。今の私たちがあるのは、ジル様のおかげといっても過言ではありません。まぁ、それ故に心労も多かったようですが……」

ジルのことをよく知っているのだろう、彼女はわずかに困ったような顔をした。

「ですからミレイユ様、ジル様のことをどうかよろしくお願いいたします。幸せにしてあげてくださいね」

「幸せ……に？」

彼女の言っていることはわかる。わかるけれど、何もわからない。理解はしているけど、どうしてそういうことを言われるのかが理解できない。

それらの違和感がすべて解消されたのは、皇帝・ユベールに会ったときだった。

これまた豪華《ごうか》絢爛《けんらん》な謁見の間で、彼は並んだジルとミレイユに微笑みかける。

「よく帰ってきたな、ジル。ヴァンタン帝国へようこそ、ミレイユ嬢」

どこかジルの面影があるユベールは、二人を交互に見ながらそう微笑んだ。

ユベールはその穏やかな表情のままこうのたまった。

「私は二人の結婚を認めよう」

「え？」

「末永く仲良くな」

ユベールの顔に父親らしい優しい笑みが浮かぶ。

（け、結婚⁉）

叫び声を上げなかった自分を褒めてあげたかった。


「本当に申し訳なかった」

ジルが謝ってきたのは、それからすぐのことだった。

場所は彼の自室だろう部屋。その中のソファに二人は並んで座っている。

ユベールとの謁見が終わった後、手を引かれるようにしてここまで連れてこられたのだ。

突然の謝罪に目を瞬かせつつ、ミレイユは口を開く。

「あの、その謝罪はもしかして、ユベール様がおっしゃった結婚の話でしょうか？」

「あぁ。本当にその、申し訳なかった」

「つまり、あの結婚話は間違いだったということでしょうか？」

ミレイユはどこかホッとしたような顔でそう聞いた。

やはり、おかしいと思っていたのだ。

ただ少し遊びに来ただけなのに結婚だなんて、話があまりにも飛躍しすぎていると。

もちろんジルに想いを寄せるミレイユにとっては、それはとても嬉しい未来ではあるのだが、それが現実的でないことはさすがにわかっていた。

しかし、ジルは少し迷った後にこうのたまった。

「いや、間違いではなくて、な」

「間違いじゃない？」

「実は、俺は君の国で結婚相手を探していたんだ」

そこから聞いたジルの話はミレイユにとって驚くべきものだった。

戦争回避のための結婚。

それらを押し付けられたジル。

純粋に国王の誕生日を祝いに来たと思っていたミレイユは、聞かされた事実に驚きつつも、どこか納得していた。

「あの皆さんの言動は、私をジル様の結婚相手だと思ってのことだったんですね」

「すまない。俺もまさかここまでの大事になっているとは思わなかったんだ」

どうりで、『ジル様のことをよろしくお願いします』という話になるわけである。

この国に来てから覚えていた違和感の正体に、ミレイユはようやくたどり着いた気分だった。

同時にジルがどうしてミレイユをこの国に誘ったのか、自分にどんな役割が求められているかを理解する。

「つまりジル様は、この滞在中、私に花嫁のふりをして欲しいとおっしゃっているのですね？」

「は？」

「……違うのですか？」

「あ、あぁ……。いや。まぁ、そういう、ことだな……」

どこか歯切れの悪い様子でジルが頷く。

そんな彼の態度を疑問に感じながらも、ミレイユは更に言葉を続けた。

「大丈夫ですわ。うまくやってみせます！　あそこから連れ出してくださったお礼と思えば安いものですわ」

それに、ふりでもなんでもジルの花嫁として彼の隣に立てるのならば、これ以上に嬉しいことはない。

たとえ一時の夢のようなものだとしても、今はそれで構わなかった。

「本当にいいのか？」

「はい。もちろんです！」

「本当に？」

「はい！」

ミレイユがそう元気に返事をすると、ジルは黙ってしまう。

ジルから持ってきた話なのに、彼はやっぱりなにか迷っているようだった。

ミレイユはそんな彼をじっと見つめた後、ジルの手を取った。

「もしかして、私がちゃんと花嫁を演じられるかどうか不安なのですか？」

「あ、いや……」

「大丈夫です。確かに嘘は苦手ですが、ジル様の花嫁ならば完璧に演じられる気がします」

だって、それはミレイユが望んでいることなのだ。

気持ちを押し殺せと言われたら辛いが、好きな気持ちを隠さなくてもいいということなら、これほど楽なことはない。

ミレイユが満面の笑顔でそう告げると、ジルは虚を突かれたような表情になった後、視線をこちらから外した。

「俺の花嫁として見られるということは、そういうふるまいも求められるということだぞ？」

「そういう、ふるまい？」

「こういうことだ」

一瞬、何が起きたのかわからなかった。

気がつけば、ミレイユの目前にジルの顔があった。

最初に息苦しいことに気がついて、次いで唇になにか温かいものがあたっていることに意識が向いた。

それが彼の唇だということに思い至った瞬間、ミレイユはいま自分がどういう状況になっているのかを理解した。

（私、ジル様と――）

一瞬にして全身の血が沸騰した。

顔も、首も、腕も、背中も、何もかもが赤くなっていることが、見なくてもわかる。

全身から変な汗がふきだして、彼とつながっている唇が震えた。

感じたことのない幸福感が全身を包んで、目尻に涙が溜まる。

「いや、だったか？」

唇を離すと同時に、そう聞かれた。

ジルの顔を見れば、彼の顔もわずかに赤くなっているのがわかる。しかしこちらを見つめている瞳はどこか不安げに揺れていて、ミレイユはゆっくりと首を振った。

「嫌では、なかったです。むしろ、その……」

幸せだった。すごくすごく幸せな瞬間だった。

しかし、胸に満ちているその気持ちをそのまま告げるのもはばかられて、ミレイユは彼の服の胸元をぎゅっと握りしめながらこう告げた。

「気持ちが、よかったです」

「──っ」

「ジル様の唇。温かいし、柔らかくて……」

瞬間、彼の喉仏がごくりと動いたのが見て取れた。

「まったく君は、どうして、こう……」

ジルは自身の前髪をかきあげながら、長い息を吐く。

その反応にミレイユが「ジルさま？」と首を傾げると、彼は「いや、なんでもない」とミレイユの頭をなでた。

その手が大きくて、温かくて、気持ちが良くて、ミレイユは自ら頭を擦り寄せた。

するとまた、ジルの喉が上下した。

「それなら、ここにいる間よろしく頼む」

「はい。よろしくお願いします」

もしかするとこの国にいる間、思った以上にジルと触れ合えるかもしれない。

ミレイユのそんな考えは、数時間後、色んな意味で甘かったと思い知らされることとなる。

◆◇◆

『今晩は存分にお手伝いさせていただきますね。二人で一緒に、ジル様をメロメロにしてしまいましょう』

いま思えば、その言葉からここまで想像しておかなくてはいけなかったのかもしれない。

ジルから偽の花嫁を頼まれたその夜、ミレイユは寝室の扉の前で固まってしまっていた。

(え、えっと……)

彼女の視線の先にあるのはふわふわで気持ちが良さそうな大きなベッド。

同じようにふっくらと膨らんだクッションが何個もおかれているそこには、なぜかミレイユ以外の大きな影があった。その影はベッドの縁に腰掛けながら、こちらに顔を向けている。

ミレイユはしばし固まったあと、その見知った陰に恐る恐る声をかけた。

「あ、あの、ジル様、どうしてここへ？」

前を掻《か》き抱《いだ》きながらそう問えば、寝間着姿のジルは「俺の寝室もここだからな」と少し困ったような顔でそう言った。

その言葉の意味を咀嚼《そしゃく》できないでいると、視界の端にある扉に目が向いた。

ちょうど自分が背を向けている壁と対面にある壁にそれはある。

（たしか、この部屋の隣って――）

昼間に訪ねたジルの部屋だ。

つまり、この寝室はミレイユの部屋とジルの部屋の真ん中にあるということだ。

そして、どちらの部屋からも行き来ができる。

（つまり――）

これはジルの言っていたように二人の寝室だということだ。

その事実にミレイユが固まっていると、ジルはふっと笑って自身の隣をぽんぽんと叩いた。

「とにかくこっちにきたらどうだ？　ホットミルクを用意してあるんだが……」

その言葉にミレイユは一つ頷いて、おずおずとジルの傍に近寄った。

そして、彼の隣に腰掛ける。

ピッタリとくっつくのもどうかと思い、人一人分だけ距離を開けて座ると、ジルは無言で距離を詰めてきた。

瞬間、ふわりと香ってきた石鹸《せっけん》特有の甘い香りに、ミレイユは頬を熱くする。

ジルはサイドテーブルに置いてある一つのカップを手に取ると、そのままミレイユに手渡した。先ほどホットミルクと言っていたとおりに、中には白い液体がたゆたっている。

「なんだか甘い香り……」

「はちみつも入れてもらってるからな」

ミレイユはカップの縁に唇を付ける。ゆっくりとカップを傾けると、優しい甘さが口いっぱいに広がった。少し遠くに感じるはちみつの香りに表情が緩む。

「……おいしい」

「それは良かった」

ジルが微笑む。その表情を見て、ミレイユもゆっくりと身体の力を抜いた。

「ところで、この状況なんだが。昼間、俺の花嫁役をやってくれるという話だったな?」

「あ、はい」

「だからだ」

「え？」

「その、結婚する二人が別々の寝室というのもおかしな話だろう？」

ミレイユはその言葉に驚きつつも、どこか納得してもいた。

こんなことになるまで思い至らなかったが、周りの人間にそう見られているのならば、こういった事態も想定しておくべきだった。

（どうりで、隅々まで洗われるはずだわ……）

ミレイユはそう思いながら、一時間ほど前の湯浴《ゆあ》みのことを思い出していた。

ミレイユのことを担当した数人の使用人は終始楽しそうで、中には「素敵な夜にいたしましょうね」と声をかけてくれるものまでいた。

ミレイユとしては、あとは寝るだけだと思っていたので「はい。いい夢が見られると嬉しいです！」とよくわからない言葉を返したような気がする。

その後の使用人たちの微妙な表情を思い出していると、ジルがまた口を開く。

「それでも正式に婚約も婚姻もしていない二人を同じ部屋に投げ込むというのはおかしな話なんだがな。きっと父上か誰かが、変な気を回したんだろう」

「つまり、ジル様も知らなかったということですか？」

「そうだな。いや、この寝室自体は俺が元々使っていたところなんだが、まさか君が隣に通されているとは思っていなくてな……」

そう言えば、ミレイユが部屋に通された時、ジルは「父上に報告に行ってくる」とその場を離れていた。

「いますぐは無理だが、明日には違う部屋に変えてもらうよう手配しておく。だから、今日だけは一緒の部屋で我慢してくれないか？」

「もちろんそれは構いませんが、私はこのままでも大丈夫ですよ？」

「君が大丈夫でも、俺が大丈夫じゃない」

ある種の拒絶を含んだ言葉にミレイユが目を瞬かせていると、ジルはそんな彼女を見ていられないとばかりに、視線をそらした。

「あんまり不用意にそういう事は言わないでくれ。君はあまり意識してないのかもしれないが、俺だって男だからな？」

「それは……わかって、いますよ？」

「嘘だ。君はわかってない」

ジルはそう言うが、ミレイユは、彼が言わんとすることはわかっていた。

彼は一緒に寝ることによって男女の間違いが起こるのではないかと懸念しているのだ。

でも、それはミレイユにとっては間違いなのではないし、彼と一晩でもそういう関係になれるのなら喜ばしいことでもあった。

（だけど、ジル様にとってはそうじゃないんでしょうね……）

そこまで考えたところで、少し前に見たジルの穏やかな微笑みが脳裏に蘇ってきた。

そして、その時の会話まで鮮やかに耳の奥に蘇ってくる。

『そっちはな、危なかった時期もあったが、なんとかなった』

『なんとか？』

『あぁ。とある女性のお陰でな』

『ジル様は、その女性のことがお好きなのですね？』

『そう、だな』

（そういえば、この国には――）

ジルの想い人がいるのだ。

つまり、男女の間違いは彼にとっては言葉通りの間違いなのである。あってはならないこと。

その事実に胸が締め付けられる。

（そういえば、ジル様はその好きな方と結婚しないのかしら……）

偽物でも花嫁という言葉が与えられて、今までどこか浮かれていたが、ジルに想い人がいるのならば、きっと彼はその女性と結婚したいと思っているに違いない。

今も昔も王族の結婚なんて自由にできるものではないが、ジルが何もせずに諦めているとは思えなかった。

（もしかすると、私はそのための繋ぎなのかもしれないですわね）

ミレイユに与えられているのは、期間限定の花嫁の座である。

もしかすると彼は、その間に想い人との結婚を皇帝に了承させる気なのかもしれない。

ミレイユは、眉間のシワをもみながら苦々しい表情を浮かべているジルをじっと見つめる。

（この人が欲しいな）

それは本能からせり上がってくる感情のように思えた。

彼との関係が一時的なものならば、未来がないのならば、一夜だけでも貰えないだろうか。

それが過ぎたる願いだということは分かっていて。

だけど、どうしようもなく色鮮やかな彼との思い出が欲しかった。

（全部私のせいにしていいから――）

間違いが起こってしまえばいい。

「安心していい。君に手を出す気はないから、ゆっくりと――」

ミレイユは持っていたカップをサイドテーブルに置く。

そして、唇を引き結んだあとに、ぎゅっと彼の腕にすがりついた。

瞬間、ジルの言葉がピタリと止《や》んだ。

今まで男性を誘惑なんてしたことがないミレイユには何が正解で何が不正解なのかまったくわからない。だから、できるだけ隙間なくピッタリと彼の腕に身体を寄せた。

「ジル、さま」

名前を呼ぶのが精一杯だった。

その声色に自分の願望を全部のせて、ミレイユは上目遣いで彼のことを見上げる。

視線が絡んで、しばしお互いに固まる。

昼間、二人はキスをした。

そのキスはミレイユに自分の立場をわからせるためのものだったのかもしれないが、少なくとも彼は彼女のことを女性だとは思っているだろう。

だから、もしかしたら、もう少し押せば――

でも、なにをどうやって押せばいいのだろう。

なにを言えば、彼はミレイユと『間違い』をしてくれる気になるのだろう。

「ミレイユ。俺の言葉が聞こえなかったのか？　君は、なにを考えて――」

「ジル様、もう私の胸は大きくしていただけないんですか？」

その言葉は、こぼれたというのが適切だった。

自分でもなぜその言葉を選んだのかはわからない。

しかし、どうやらジルの何処《どこ》かには刺さったようで、彼は驚いたような表情を浮かべながらミレイユのことを見下ろした。

「ジル様？」

「もしかして、君はまだあの男のために――？」

ジルの表情が段々と険しくなっていく。

先程までも眉間にシワを寄せていたが、いまのそれには嫌悪が見える。

もしかしてなにか間違った言葉を選択してしまっただろうか。

ミレイユがそう不安にかられていると、不意にジルがミレイユの肩を掴んだ。

そして、そのまま押し倒される。

「え？」

突然の出来事に目を瞬かせていると、直後にジルが上に覆いかぶさってきた。

ミレイユの身体を跨《また》ぐようにして、彼は膝でベッドのマットレスを踏んでいる。

ジルはシャツのボタンを外しながら、先程よりも数段階低い声を出した。

「わかった。君がそこまでいうなら胸の方は協力しよう」

部屋の中が薄暗いからか、ジルの目に光がない。

どこか怒っているような雰囲気さえある彼は、シャツを脱ぐと、床に落とした。

瞬間、彼の逞《たくま》しい身体がミレイユの眼前に現れる。

「ジル――」

「ただ、今日はそれだけじゃ終われない。いいな？」

疑問形なのは言葉だけだった。

もうジルはなにもミレイユに選ばせる気がない。

彼はもう、このあとのミレイユをどうするかは決めていて、先程の言葉はそれを彼女に告げているだけに過ぎない。

ジルの指先がミレイユの夜着にかかる。

「俺は忠告したからな。間違いが起こる、と」

「ま、間違い、じゃないです」

ミレイユの反論にジルの手の動きが止まった。

「少なくとも私にとっては、間違いじゃないです」

ありったけの想いを伝えるようにそう口にすると、ジルの表情が変わる。

彼は苦しそうに顔を歪《ゆが》ませて、髪の毛をかきあげた。

「やめてくれ。勘違いしそうになる」

「なにを――」

それ以上は喋らせてもらえなかった。

ジルの唇によって口を塞がられたからだ。

「んっ」

最初は触れ合うようなキスだった。

柔らかくて温かいものが何度も自分の唇にくっついて離れる。

終始鼻腔をかすめる彼の香りに脳髄をくらくらさせながら、ミレイユは彼から与えられる幸せに精一杯応えた。

そうしていると、キスは次第に触れ合うだけのものからお互いに貪り合うようなものへと変わり、最後には舌を絡ませてお互いの唾液を交換するようなものへと変わった。昼間は唇が触れただけでも頭がパンクしそうなほどだったのに、ミレイユは夢中でジルに応えた。

それからしばらくは二人の舌が絡まり合うような、ちゅくちゅく、という音と荒い呼吸音、それとミレイユが時折上げる小さな声だけが部屋に広がった。

唇を離してもらえたのは、それから何分後だっただろうか。

もう時間の感覚も曖昧になり、吸われすぎた唇はわずかにヒリヒリと痛みを持っている。

四つん這いになりミレイユのことを閉じ込めているジルは、肩で息をするミレイユに優しくて切ない声を落とす。

「かわいいな、君は」

「へ？」

「かわいい」

そういう彼はなぜか眉間にシワを寄せている。

言葉と表情がどうにも噛《か》み合《あ》っていなくて、ミレイユは小首をかしげた。

すると、彼は更に苦しそうな表情になる。

「なんで、アイツがいいんだ？」

「え？」

「ヘンリーだ」

どうしてそこで彼の名前が出てくるのかわからず、ミレイユは目を瞬かせる。

「見た目がいいからか？　一見優しそうに見えるからか？　地位があるからか？」

「えっと……」

「アイツは君のことを大事にしていないのに、どうして君はそんなにも――」

ミレイユはジルの下で目を瞬かせる。

そうしてようやく、彼の勘違いに気がついた。

「もしかしてなのですが、ジル様は私がヘンリー様をお慕いしていると思っていませんか？」

「………違うのか？」

「ヘンリー様のことはいずれ結婚する相手だとは思って育ってきましたが、そこに私の気持ちはありません」

ミレイユがはっきりとそう答えると、ジルはあからさまに狼狽えた。

彼の困惑は表情を越えて、シーツを掴む手にまで及んでいる。

彼はミレイユの顔の隣にあるシーツをぎゅっと掴みながら、声をわずかに震えさせた。

「し、しかし、君は胸を大きくしたいんじゃなかったのか？」

「それは、そうでもしないとヘンリー様に選んでもらえないかな、と」

「気持ちがないのなら、選んでもらわなくても良いんじゃないか？　君は婚約者候補であってまだ婚約者じゃないんだ。候補ならば他にもいる」

「それは……、家のこともありまして」

選んでもらわなくては死んでしまう……なんてことは言えず、ミレイユは嘘でも本当でもないことをいう。

ヘンリーと婚約したい理由に家のことが少しも関係ないというと嘘になる。

しかし、家のことだけならここまで必死にならなかった。

ミレイユは自分の命がかかっているからここまで必死に胸を大きくしようとしているのだ。

ミレイユの答えに、ジルは半分納得半分困惑という表情になっている。

彼のそんな表情にミレイユは少し考えた後にこう口にした。

「それにもう、ヘンリー様に選んでもらうのは絶望的だと思っていますし、今はそれでいいと思っています」

あそこでヘンリーのキスを受け入れていれば、身体を開いていれば、まだなにか望みが繋がったかもしれない。しかし、ミレイユは逃げ出してしまった。

これではもう、彼に選んでもらうことは絶望的だろう。

ミレイユが苦笑いを浮かべていると、ジルが気遣うような優しい声色を落としてきた。

「それならなぜ、さっきは『胸を大きくしてほしい』と……？」

「それは……」

ミレイユは言葉に詰まる。

正直に言ってしまえば、ジルに自分の心を告げるのと同じになってしまうだろう。

しかし、ここでごまかしてしまうのも、協力してくれている彼に申し訳なかった。

散々迷った挙げ句、ミレイユは前者を選ぶことにした。

「そう言えばジル様が、間違ってくれるかと思いまして……」

「は。間違い？」

「私は、ジル様に間違ってほしかったんです」

「は？　……はぁ!?」

「……はしたなくて、すみません」

頬がこれ以上ないほどに熱くなる。

ミレイユはいま、ジルに『抱いてほしい』と言ったのだ。

そして反応を見る限り、彼はミレイユの言葉を正しく受け取っている。

「つまり、勘違いじゃないのか？」

「勘違い？」

「君は、俺のことが好きなのか？」

確かめるようにそう聞かれて、恥ずかしくて泣きそうになった。

ミレイユは自分の顔の隣にある腕に頬を寄せた。

そして、彼にしか聞こえない程度の小さな声を出した。

「……はい」

瞬間、彼の頬が赤くなった。

「……そうか」

「ジル様？」

「ミレイユ、嬉しい。ありがとう」

その言葉は、ジルがミレイユの気持ちを受け入れてくれたことを表していた。

ミレイユの胸は温かくなり、笑みがこぼれる。そんな彼女にジルは唇を落とした。

「ジル様、すき、です」

「あぁ」

「すき」

「あぁ、あぁ」

自分の気持ちを隠さなくてもいいのが嬉しかった。

認めてくれたのが、嬉しかった。

受け取ってくれたのが、嬉しかった。

気持ちを返してもらえなくても、たったそれだけのことでミレイユの胸は満たされる。

ジルはミレイユの唇にまた数度自分のそれを落として、服に手をかけた。

そこにそれまでの遠慮はみて取れない。

まるで自分が彼女の服を剥《は》ぎ取るのが当然だというような遠慮のなさだった。

唇を首筋に這わせながら、ジルはミレイユの胸に手を伸ばす。

そして、慣れた手つきで彼女の胸を揉み始める。

始まった愛撫にミレイユは小さな声を漏らした。

先端の赤い実は抓《つま》まれていじられた挙げ句に口に含まれる。

ねっとりと唾液を絡ませられ、ミレイユの足はガクガクと震えた。頭もとろりととけていく。

「ぁっ！」

ミレイユの声が跳ねたのは、身体を這い回る手がミレイユの下半身に触れたからだ。

最初は膝を撫《な》で回し、太ももに間に手が滑り込む。

そうして、自分でも触ったことがない、大事な場所に彼はゆっくりと触れた。

「んんん――」

「すごいな……」

嬉しそうにジルがそう言って、ミレイユはいつの間にか閉じていた目を開けた。

すると彼はミレイユの秘所を触っていた手をこちらに見せるようにする。

「まだ胸だけなのに、布越しでこれだ」

指と指の間で糸を引く液体に、ミレイユは震えた。

恥ずかしい。恥ずかしくて死んでしまう。

「もしかして、俺の屋敷から帰るときはいつもこんな感じだったのか？」

ミレイユは顔をそらした。なにも答えていないけれど、もうそれだけで彼にはミレイユの答えがわかってしまったようだった。

「それは悪いことをしたな」

「わ、私……」

「これからはちゃんと満足しような。……お互いに」

そう耳元でささやきながら、ジルはミレイユのドロワーズを脱がした。

糸を引いて離れていく下着に、ミレイユは恥ずかしさで涙目になってしまう。

ジルはそんなミレイユを見ながら嬉しそうに頬を引き上げると、また彼女の下腹部にやさしく触れた。

「ぁっ！」

「足に力は入れるな。痛いことはしない」

ミレイユが言われるがままに足の力を抜くと、ジルの指が裂肉をなぞりだす。

ちゅくちゅくと粘り気のある水音が耳を犯して、ミレイユは恥ずかしさをこらえるように彼の首に腕を回した。

「気持ちがいいか？」

「わ、わからないです。変な感じ……」

「そうか」

ジルは満足そうに笑うと、割れ目をなぞっていた手を止める。

そしてぐっと中指を押し付けてきた。

「――あぁっ！」

腰が浮いたのは、それがミレイユの中に入り込んできたというのが分かったからだ。

「きついな」

ジルはそう言うが、しっかり濡れていたこともあり、彼の中指はもう全部ミレイユの中に収まっている。ジルはぐりぐりと指を回して中を少し拡げたあと、中を優しく擦りだした。

「あ、あぁ、あぁぁ！」

瞬間、味わったことのない快楽が全身を駆け抜けた。

ジルのゴツゴツとした指が内壁をこれでもかとなぞりあげる。

「やっ！　ジル、さ、ま！　やめ、ん、ぁ、あぁっ！」

「指でこれなら大変だな」

ミレイユは止まってほしくて彼の首にすがりつくが、どうやらそれは逆効果だったらしく、ジルは手を止めるどころか激しく抽挿を繰り返しはじめる。

「あ、やぁっ、ぁ、ぁぁ！」

身体が折り曲がり、快楽を外に逃がそうと全身が震える。

ミレイユがそんなふうに初めての快楽と戦っているというのに、ジルは無遠慮にも指を増やしてきた。じゅぷり、ミレイユの中の質量が増える。

「んん――――！」

背筋がピンと伸びる。

目尻に涙が溜まって、自然と腰が揺らめいた。

ジルはまた抽挿を始める。

しかし今度は出したり入れたりするだけでなく、彼女の中を広げるような動きもし始める。

「じる、さま！　じる、さ、ま！　や！　もうっ！」

自分の中で何かがせり上がってくる。

その正体がわからず、ミレイユは止まってくれるようにジルに懇願した。

しかし、彼はミレイユの中の高まりの正体を知っているらしく、止まるどころか更に内壁を執拗に擦りだす。

「やだ！　やだ！　や――」

ぐり、と指を曲げられて限界だった。

ミレイユはこれまで以上に大きく身体をのけぞらす。

白い喉にはジルが噛《か》みついた。

全身の筋肉が痙攣《けいれん》を繰り返して、自分の膣《ちつ》がぐにゃぐにゃとうごめく。

「達したな」

「たっし……？」

「上手に気持ちよくなった、ということだ」

ジルはミレイユの秘所から指を抜くと褒めるようにそう言った。

そして、ミレイユの額にキスを落とした。

全身に力が入らなくて、身体の中心だけが物足りなさそうにはくはくと動いているのがわかる。

「ミレイユ、いいか？」

耳元でそう囁かれ、ミレイユはゆっくりと頷いた。

視線を彼の下腹部に向けると、そこは大きく盛り上がっている。

それが自分の痴態を見たからだと遅れて気がついて、少しだけ嬉しくなった。

ジルはズボンから猛《たけ》った己を取り出す。

ぶるん、とあらわになったそれにミレイユは目を丸くした。

大きい。想像の何倍も大きい。しかも、長い。

ジルの身体が大きいのだから、雄だって大きいのだろうと思ってはいたが、さすがにここまでだとは思っていなかった。

ジルは自身の雄の根本を掴むとミレイユの下腹部に当てた。

見れば、彼の雄の先端は彼女の臍《へそ》をゆうに越えてしまっている。

これがいまから自分の中に入るのだと思ったら、少しめまいのようなものを感じてしまった。

「はい、り、ますか？」

「どうだろうな」

そう言いながらも少しもやめる気はないらしく、ジルはミレイユに覆いかぶさった。

そうして、ぐったりと横たわるミレイユに唇を落とす。

「いいか？」

なにが、とは問わなかった。

だってそれぐらいのこと、ミレイユだって分かっている。

ジルはミレイユの割れ目で先端をすべらせ、雄に蜜を塗る。

そして両手でミレイユの腰を掴むと先端を押し付けてきた。

「ぅあぁ……」

身体を割って入った杭《くい》に、ミレイユは両手でシーツを掴む。

目尻には生理的な涙が浮かび上がり、もう声も発することができない。

(痛い――)

ミレイユは奥歯を噛みしめる。けれど決して痛いとは言わなかった。

だって、言ってしまったら優しい彼は止まってしまうかもしれない。

痛くてもなんでもミレイユは彼と繋がりたかった。

一つになりたかった。

だってこんな機会、もう巡ってこないかもしれないのだ。

そんなミレイユを見つめながら、ジルはゆっくりと、丁寧に、それでも少しだけ強引にミレイユの小さな体に自身をねじ込んだ。

「あぁあぁ――」

「ん」

ミレイユの中が狭いのだろう、ジルも苦しそうに声を漏らす。

ミレイユは覆いかぶさってきたジルの首にすがりつく。

すると、彼もミレイユの背中に腕を回してきた。

その温かさに身体が弛緩《しかん》して、またぐっと腰が進んだ。

「うあっ」

「……痛いか？」

「だいじょうぶ、です」

ミレイユは首を振った。

しかし、その表情から無理しているのはバレバレだったのだろう。

ジルは腰を押し進めるのをやめてしまう。

「やはり入らないな。今日は——」

「だめ、です」

ミレイユは首を振った。

「だめです。入れてください。頑張りますから」

「君は——」

「お願いします」

ミレイユはジルの背中に回していた手を自身の割れ目の方へ伸ばす。

そして、ゆっくりと拡げてみせた。

「だいじょうぶ、ですから」

彼の喉仏がゴクリと上下に動いた。

「いっきに、きて」

「――っ！」

瞬間、ジルが驚いたように目を見張った。

「どうして君はそう――」

ジルはそうつぶやいて、ミレイユ膝裏に手を回す。そのまま彼女の身体を押しつぶすように、一気に自身を押し入れた。

「あぁ――！」

内臓が押し上げられる感覚にミレイユはのけぞった。目の前がチカチカする。

しばらくミレイユは彼の身体にすがったまま痙攣のようなものを繰り返した。

それが収まったのは、しばらく経ってのこと、ミレイユは不安げな顔で彼に疑問を向けた。

「ぜんぶ、入りましたか？」

「全部は、まだだな」

ジルのその言葉にミレイユは絶望的な気分になる。

こんなに頑張ったのにまだ全部入っていないなんて、ジルのはちょっと大きすぎるのではないだろうか。

それともミレイユが小さすぎるのか。

「そう、焦らなくていい。今回全部はいらないのなら、次、頑張ればいい」

「……つぎ?」

「いやか?」

ミレイユはその問いに首を振った。

ジルに抱いてもらえるのなんて今日で最後だと思っていた。今晩はミレイユにとってたった一晩の思い出づくり。けれど、彼がこれからも続けてくれるのならば——

「……うれしいです」

ミレイユがはにかみながらそういうと、ジルが奥歯を噛みしめる。

「どうして君は、そう、かわいいんだ……!」

抽挿が始まる。

ごつごつと彼の先端が自分の中にあるなにかに当たり、その度にミレイユの目の前に星が舞った。じゅぶじゅぶと蜜を掻《か》き出され、ミレイユはその度に声を大きくした。

「あ、あぁぁ、ぁあっ!」

　ジルが抱きしめてくれるのが心地良い。

　しかし、それと同時に身動きが取れない窮屈さも感じていた。物のように扱われているとは少しも思わないけれど、抱え込まれているこの状態では指先ぐらいしか動かしようもない。ジルから見ればミレイユなんてきっと人形も同然だろう。

　抽挿が激しくなる。

　身体の熱がこれまで以上に高まっていく。

　ミレイユの高ぶりはコップに入った水そのもので、表面張力でぎりぎり溢れていないだけだった。

「あ、あああ、ぁあ、あぁん――――！」

　最後の一滴は、ジルから注がれた。

　腰を振っているジルの額から汗が一粒こぼれてミレイユの肌に落ちる。その瞬間、ミレイユの中で再び何かが弾けた。

「あぁあ――！」

　再び全身が痙攣をする。唇の端からだらしなく唾液が一筋伝った。

　ジルはミレイユの最奥に自身の先端をぐりぐりと押し当てる。

「んんんっ！」

奥に広がる温かい熱。

ミレイユはその熱にこれでもかというほどの幸福さを感じながら、意識を手放すのだった。

◆◇◆

ミレイユと両想いかもしれない。

初めてそう思ったのはいつだっただろうか。

彼女が胸を大きくするのを自分に頼んだときも、あれ、とは思ったし、一緒に街に出かけたときも、彼女の距離感や発言に、胸が勝手に期待をしていた。

けれど、それらすべては確信には至らなくて、この日までズルズルと彼女の気持ちを確かめきれないままきてしまった。

振り返れば、もっと早くにお互いの気持ちを確かめ合っていればよかったかもしれないとは思う。そうすれば無駄に互いを互いで傷つけるようなことはなかったはずだ。

「俺はやはり気持ちを伝えるのが下手みたいだな……」

ジルはそうつぶやきながら、隣で寝息を立てる彼女のブロンドを弄ぶ。

正直、自分の気持ちはミレイユに伝わっていると思っていた。

言葉にしなくても、態度でそうだと分かっているものだと。

だから『花嫁を探しにリオン王国に行った』と告げたあとの彼女の反応は予想外だった。

『この滞在中、私に花嫁のふりをして欲しいとおっしゃっているのですね？』

ジルは先程の言葉をプロポーズのつもりで言ったのだ。

花嫁を探しにリオン王国へ行った。そしてミレイユを連れて帰った。

つまりはそういうことだ。君のことを花嫁にしたいと、自分と結婚してほしくて外堀を埋めてしまったと、そうジルは白状したつもりだった。

なのに、彼女は想像の斜め上の答えを返してきた。

このときほどジルは自分の口下手さに後悔したことはない。

しかし、もうそんなすったもんだも終《しま》いである。

ミレイユとジルは想いどころか枕も交わした。

彼女はそれをすべて受け止めてくれたし、好きだと何度も重ねて――

そこでふと思考が止まった。何かが引っかかる。

自分は大事な何かを見落としている気がする。

（なにを――）

ジルは考えている間、手癖のようにミレイユの金髪を指にからませて、彼女の頭を撫でた。

しかし、どんなにじっくりと考えても自分が何を見落としているかなどわからない。

そうしていると、ミレイユの甘ったるい声が耳をかすめた。

「ジ、ル、……ま」

自分の名を呼ばれ、ジルは顔をほころばす。彼女のエメラルド色の瞳がまぶたに覆われているところを見るに、先程のはきっと寝言なのだろう。

そうだ些細《ささい》なことは今はどうでもいい。今は彼女のことだけ考えなければ。

（両想いにはなった。ヘンリーもミレイユと結婚する気はなさそうだった……）

父親である皇帝にはあらかじめすべてを伝えており、その上で『お前が諸々の問題をなんとかするなら、私は反対しないぞ』という言質を取っている。

もとより、ヘンリーの婚約者候補だということを除けば、ミレイユは皇帝の出した条件にピッタリと合うのだ。その唯一の懸念も婚約者『候補』だ。

まわりが二人をくっつけたがっているというだけで、二人はまだ赤の他人で婚約にも至ってない。

ドロシーが王太子妃になったあとのことも心配といえば心配だったが――

『そちらは私の方でなんとかしておこう。今のリオン王国の国王は話がわかるやつだからな。

なんとかなるだろう』

　意外にも皇帝がそう申し出てくれた。

　彼は驚くジルに更にこう続けた。

『私が本当に国益のことだけ考えてお前に花嫁探しを命じたと思っているのか？　心配だったのだよ。父親として。お前にはいろいろと無理をさせてしまったからな』

だからミレイユを手に入れるのに協力してやると、彼はそう言って唇を引き上げた。

誰にも言っていなかったけれど、彼は本当は分かっていたのかもしれない。

息子が夢の中の女性に懸想していると。叶わない恋をしていると。

だから、いい加減諦めて幸せに慣れて、彼に花嫁探しを命じた……のかもしれない。

父親ではあるけれど、皇帝の心中はいつだってよくわからない。

(とにかく、残りの問題は一つだけだな……)

ミレイユの回りをどう納得させるか、である。

正直な話、ミレイユの気持ちが確かなら、このまま攫《さら》っても良いとは思っていた。

帰さないのも一つの手だと。

それが一番手っ取り早くて、確実な方法だ。

けれど、そんなことをしてしまえば、リオン王国とヴァンタン帝国の仲は悪くなってしまうだろう。ミレイユを手に入れられるのなら戦争だって厭《いと》わないと思ってはいるが、わざわざ仲を悪くさせたいわけじゃない。

それに彼女だってそんなことは望まないだろう。

つまり欲しいのは、ヘンリーとミレイユが結婚できない理由。

周りの人間を諦めさせる感情以外の形あるなにか。

「子供、だな」

それが一番わかりやすい形だった。

リオン王国は性に寛容とはいっても、それなりに血統を大切にする国柄だ。

これは貴族の女性に限ることだが、婚約したあと〝ネトワイエ〟という女性の身体に子供が宿っていないかどうかを確かめる期間を設けることがある。

期間中、女性は親族であろうが婚約者であろうが異性に会うことを許されない。

そうやって彼らは血統を担保しているのだ。

つまり、ミレイユが妊娠しているとわかれば、彼らも諦めざるを得ない。

「あんまりこういうことはしたくないんだがな……」

そんな理由で子供を作るだなんて本当はしたくない。

できるならば二人の気持ちを重ねた果てにできるのが一番だ。

しかし、状況はそうも言ってられない。

それに、優しいミレイユのことだから、どうしても……と父親にすがられてしまえば、今からでもヘンリーと婚約してしまう可能性は十分にあった。

彼女は王族の結婚が自分の意志でできないことを知っている。

そして、自分の結婚もそうであると思っている節がある。

そんな彼女を確実に自分につなぎとめておくために、もう手段は選んでいられなかった。

「……大切にする」

子供も君も。

だから、側から離れていかないでくれと、ジルは彼女の頬にキスを落とした。

◆◇◆

「ジルさま！　ジルさま！　もう！　もう！　もう！」

昨晩から続く絶頂に、ミレイユはシーツを掴みながら必死に首を振った。

四つん這いになり臀部《でんぶ》を突き出すような形になっている彼女の細い腰を、ジルがしっかりと掴んでいる。

ミレイユの秘所には彼の太くて長い杭が収まっており、それがジルの動きに合わせてじゅぶじゅぶといやらしい音を立てていた。

「あ、あぁ、あ、あぁ――――！」

まるで動物の交尾のように腰を何度も打ち付けられミレイユはだらしない嬌声《きょうせい》をあげた。先程から何度も達している身体は快楽に弱く、彼が奥をイジメれば彼女はすぐに達してしまう。

「ジル、さまっ！　また、また――――！」

何度目かわからない高まりを感じて、ミレイユは目に涙を浮かべた。

するとジルの腰の動きも一層激しくなり、ミレイユの頭も更に熱くなる。

「やっ！　やだっ！　もう――――」

「あぁ。俺も――――」

身体の中心がぎゅっと収縮する。

それと同時にジルも己の切っ先を彼女の最奥にぐりっと押し付けた。

そのまま彼女の身体を抱え込む。

ビクビクと何度も身体がうごめいて、奥に熱を感じる。

上半身に力が入らないミレイユの身体を支えながら、彼はまた更に何度も精を吐き出した。

そのまま二人はしばらく繋がったままでいた。横になったまま肩で息をしている。

視線の先には窓があり、その景色はもう白んでしまっていた。

ジルと身体を重ねてから、ミレイユは毎晩のように彼に抱かれていた。

（また、朝まで……）

いや、正確には『毎晩のように』ではなく『毎晩』である。

今日のように朝まで求められることも多く、ミレイユはちょっともうへとへとだった。

ジルに抱かれるのは嬉しい。求められることにも喜びを感じてしまう。

ただ、欲を言うのならば、もう少し加減をしてほしかった。

彼は男性だし軍役をしていたということもあり、体力が有り余っているのだろうが、こっちは深窓の――とまではいかないまでもそれなりにおとなしい貴族の令嬢なのである。

（けれど、今日はもう終わりですかね）

さすがにここからもう一回ということにはならないだろう。

うかうかしていると使用人がやってきてしまう。

目の前で蜜や精液でドロドロになったシーツを変えてもらうのはさすがに羞恥で死んでしまう。まぁ、自分が見ていないだけで変えてもらっている事実には変わりがないのだが。

ジルも同じように思ったのだろう、彼はミレイユの中から、ズルリ、と己を抜いた。

その感触にミレイユは思わず「あっ」と声を上げてしまう。

同時に自分の中から何かが溢《あふ》れ出てくるのがわかる。それが臀部を伝いシーツの方にこぼれるのも。

言うまでもなくそれは、昨晩から途切れることなくミレイユの中に注がれている、ジルの白濁だった。

（早く、きれいにしないと――）

そう思って身体を動かそうとしたときだった。

ピタリと彼の指がミレイユの秘所の入口にあてがわれた。

「えっ」

「こぼれてしまったな。これはよくない」

「え、ちょっと！　ジル様⁉」

気がつけば仰《あお》向《む》けにされて膝を割られていた。

そこに滑り込んでくるのは、ジルの身体である。

「ミレイユ、もう一回だ」

「ちょ、ちょっと待ってください！　私、もう、身体が――」

「大丈夫。今度はゆっくりしよう」

そう言って彼は、なぜかもう固くなっている雄の先端を彼女の入口に押し付けた。

「ちゃんと蓋しておかないとな」

「んんん――――！」

入り込んできた質量に押されるような形で、彼から注がれた精が入口から溢れた。

それを見てジルが口元を引き上げる。

「たくさん溢れてしまったな。これはまた注いでおかないと」

さぁっと血の気が失《う》せる。

止まって欲しいミレイユは何かを口にしようとするが、動き出した彼の腰が彼女の頭からすべての言語を奪っていった。


「身体が重い……」

ミレイユがそうつぶやいたのは、その日の昼間だった。

ミレイユは与えられた自室で使用人の女性に髪の毛を梳いてもらっている。

結局、あれからまた何度もイかされて、何度も注がれた。

途中で使用人の女性が扉を開ける……なんてハプニングはなかったが、いつもならば掃除を始めている時間帯に彼女たちがやって来なかったところから見て、扉の奥から聞こえるジルとミレイユの愛し合う声に気を使われたのだろうということだけは推測できた。

二人の仲はもう公然の事実とはいえ、これはさすがに恥ずかしい。

ため息をつきつつ目を閉じると、自分を閉じ込めようとするたくましい肉体が瞼の裏に蘇ってくる。そして、今朝聞いた艶《なま》めかしい台詞も――

『たくさん溢れてしまったな。これはまた注いでおかないと』

(そういえば、ジル様は避妊をどうしているのでしょう……)

ミレイユはふとそんなことを考える。

リオン王国では一般的に牛の腸膜などを加工した避妊具を使うのだが、彼はそれを使っていないように見えた。

(もしかして、帝国にはもっと画期的な避妊具があるのでしょうか)

避妊を全くしていない、ということはまずないだろうと思う。

ジルは皇族なのだから、ミレイユに子供ができれば面倒なことこの上ないからだ。

更にいうと、ミレイユは偽物の花嫁で、後々離れることが決まっている女性だ。

そんな女性に子供が出来てしまえば離れようにも離れられなくなってしまう。

(私は、ジル様の子供なら欲しいですけれど……)

ミレイユはそっと昨晩の名残が残っているだろう自身の下腹部を撫でた。

きっと、それが叶うことはないのだろうとは思う。

そして、叶わなくてもいいとも思う。

だって、自分の死の運命に子供を付き合わせるのは可哀想だ。

ミレイユの中で、いまのこの時間は、もう一度殺されてしまうまでの猶予期間だった。

甘い甘い猶予期間。

今までとは多少運命が違ってきていることは感じていたが、それでも期待はしていなかった。

(だって、期待をしてしまったら、裏切られたときに悲しいですもの)

ミレイユは知らず知らずのうちに長い溜息《ためいき》をつく。

それをどう取ったのか、使用人の女性が穏やかな顔で話しかけてきた。

「ジル様もはしゃいでおられますね」

彼女は、最初にミレイユをこの部屋まで案内してくれた女性だ。名前はマーサ。明言はしていないが、どうやらミレイユの世話は彼女が専属して行うらしい。

マーサは穏やかな笑みを浮かべたまま櫛《くし》をゆっくりと動かした。

「身体、お辛いでしょう？　今日は寝る前に薔薇《ばら》の香油でマッサージいたしましょうね」

「あ、はい。すみません。よろしくお願いします」

母のような慈愛に満ちた表情を向けられていることに安堵するのと同時に、毎晩の営みを彼女に知られているという事実に恥ずかしくなる。

「正直なところ、私達もちょっとどうかと思ってるのですよ。長年の片想いを成就させた喜びもあるんでしょうが、ミレイユ様はこんなにも小さくてお可愛らしいのに、あんなにもう毎晩毎晩……。まったく殿方たちといったら、感情が下半身に直結しているんですかね」

ジルのこともよく知っているのだろう、彼女はそんな軽口を叩きながら苦笑を浮かべる。

ミレイユはそんな彼女の馴《な》れ馴《な》れしい態度よりも、発言の内容が気になった。

「え。長年の片想い？」

「そうですよ。ジル様は何も言われませんが私たちはわかっておりました。彼には心に決めた方がいる、と。そうでなくてはあんなに縁談を断わりませんもの。だって、一時はスラフ公国のサブリナ様との縁談もあったのですよ⁉」

スラフ公国というのはヴァンタン帝国のアスレ公爵が治める国である。

そこのサブリナという姫があまりにも美しすぎて求婚者が絶えないというのは、ミレイユも噂には聞いていた。

（ジル様はそんなにお綺麗《きれい》な女性との婚約も断っていたのね……）

ミレイユのためではなく、想い人のために――

ミレイユは困ったように眉を寄せた。

「残念ですが、私はジル様の片想い相手ではありませんよ。出会ったのも、つい最近ですし……」

「そんな事ありませんよ！　私にはわかります！　ミレイユ様は存じないかもしれませんが、ジル様、女性にはとても冷たい方なんです」

「冷たい？」

「ええ。長年勤めております私にはそれなりに話してくれますが、若い使用人には自ら話しかけることはほとんどありませんし、話しかけても必要最低限の返事しかなさりませんし。表情だってにこりともしませんし。あぁ、でも、勘違いしないでくださいね。無表情というだけで、何かされるというわけではありませんから！　ジル様がそんな方ではないことは、私だって存じております！」

それはミレイユの知るジルとは真逆と言ってもいい評価だった。

たったそれだけのことで、ミレイユの頬はわずかに染まる。

だって、その話はまるでジルの中でミレイユが特別だといっているようだったからだ。

「ですから、きっとミレイユ様がご存じないだけですよ。だってこんなに可愛らしい方なんですもの。ジル様の一目惚《ひとめぼ》れって事も十分にあり得ます！　ミレイユ様も貴族の方なのでしょう？　それならきっと、幼い時にお二人は出会っていたのですよ！　そうです！　そうに違いありません！」

自信満々にそうのたまうマーサに、どう返すのが正解かわからなくて、ミレイユは「そう、なのかしら……」と視線を下げた。

ミレイユがジルの長年の片想い相手ということはないだろう。

けれど、もしかすると自分は彼の中で少しだけ特別な存在なのかもしれない。

そう思うだけでミレイユの胸の内が喜びで満たされる。

ミレイユは唇を引き上げながら、胸元に手を当てた。

（そうだったら、嬉しい、ですわね）

嬉しい。嬉しい。すごく、嬉しい。

ジルに確かめたわけではないのでなんの確証もないことだが、そういう可能性があると言うだけで、ちょっと小躍りしたくなる気分だった。

（考えてみれば、ジル様は最初からとても親切でしたし。一目惚れ……ということはないにしても、多少は容姿を気に入ってくださったのかも）

そう思えば、毎晩の営みにも説得力が出てくるというものだ。

押し倒されるのが嬉しくて、ミレイユは今まで彼に疑問をぶつけなかったが、前々から少し疑問に思っていたのだ。

どうして彼は自分を抱き続けるのだろうと。

それが容姿を気に入ってくれたのだとしたら、納得もいく。

（もし、本当にそうだとしたら、ジル様の片想いが叶わなかった時、私のことを側に置いてくださるかも――）

浮かれた思考がそこまで及んで、ミレイユは一気に冷静になった。

胸に当てていた手がぎゅっと己の服を掴む。

自分は今、何を考えていただろう。

何を望んでしまっていただろう。

（あぁ、私は――）

いつの間にか、彼の側にいたいと思い始めている。

選んでもらいたいと、心が欲しいと、思い始めている。

（私は、欲張りになってしまったのですね……）

最初は一緒にいるだけで幸せだった。

気持ちを受け止めてもらったときは、天にも昇る気持ちだった。

身体を重ねた日の翌朝は、これが現実だとは思えなかった。

でも、それらすべてに心が慣れてしまって、今度は彼の心が欲しいと思い始めている。

（このままじゃ、だめ、よね……）

期待をしすぎた心は裏切られたときに壊れてしまう。

これは死んでしまうまでの猶予で、あっけなく消えてしまう泡沫《うたかた》の夢のようなものだ。

（ジル様が私を抱くのだって、単に欲望を処理しているだけなのかもしれないですし……）

『穴だけあればいい』なんて豪語する男性もいると、ジュディから聞いたことがある。

ジルがそういうことを言う男性だとは思えないが、ミレイユの気持ちを受け止めるついでに自分の欲望を発散しているなんて可能性はあるかもしれない。

そうでなくても世の中には、好きでもない異性に身体を開く事ができる人間がいるというのも聞いたことがある。

「少し、距離を置いた方がいいかもしれませんね……」

◆◇◆

「すみません、ジル様。今日はちょっと、あの、一緒には寝られなくて……」

ミレイユが寝室の扉の前でそう言ったとき、最初は、ここ最近無理をさせすぎてしまったか……、と反省をした。

どうやら彼女は使用人に言って別に寝る部屋を用意してもらったらしく、しばらくはそこで寝るという。

　ここ最近彼女に無理をさせていた自覚もあったので、ジルは「わかった」と特に理由を聞くこともなくそれを了承したのだが……

（これは、もしかしなくとも、ミレイユに避けられているのか？）

ジルがそのことに思い至ったのは、ミレイユと一緒に眠らなくなって三日目の昼だった。

少し前からおかしいとは思っていたのだ。

以前のように可愛らしい笑みを浮かべながら「ジル様！」と駆け寄ってこなくなっていたし、声を掛けても微笑まれるだけで自分から会話を広げようとしない。

　極めつけは――

「ミレイユ、今日の昼食――」

「すみません。少し用事が出来てしまったので、また後日誘ってくださいますか？」

　そうすげなく断られたことだった。

　ジルはそそくさと去って行く小さな背中を見ながら、ジルはひそかに絶望していた。

（ミレイユに嫌われたのかもしれない……）

　いくら子供を作るためだからと言って、盛りすぎたのかもしれない。

そこに自分の欲望が少しも含まれていなかったと言えば嘘になるし、彼女にはそう言うジルのこざかしいところが透けて見えていたのかもしれない。

けれど、それらの考えはすべてジルの頭の中にあるもので、彼女から何かを言われたわけではない。もしかしたらもっと違う理由があるのかもしれないし、もしかすると、ジルの思い過ごしという可能性もある。

そんな疑問が最初に向いたのは、彼女の世話を任せているマーサだった。

「わかりませんねぇ。ジル様がミレイユ様にご無理をさせるからじゃないですか？　それか、マリッジブルーというものでは？」

「マリッジブルー？」

「女性は結婚を目の前にすると、結婚そのものや恋人に対して不安や不満を憶《おぼ》えるものなのですよ。このまま結婚しても良いのだろうか、間違った選択をしているんじゃないか……とね」

「そ、それは、どの女性でも起こるのか？」

「さぁ、そこまではなんとも。でも、お気をつけてくださいね。私の知り合いにマリッジブルーで結婚が破談になった人がいますから」

「結婚が、破談？」

その言葉の衝撃たるや、すさまじいものだった。

瀕死《ひんし》の状態だったら、今の言葉だけできっと心臓が止まっていただろう。

ジルは震える唇をなんとか落ち着かせながら目の前の彼女に問う。

「どうしたら、そのブルーとかというのは、解消できるんだ？」

「話し合いしかないでしょうね。不安を取り去ってあげるんです。男性が考えているよりも女性にとって結婚というものは大きなイベントなのですよ」

結婚というものを軽々しく考えたことはないが、『ミレイユと一緒にいるための手段』としてしか見ていなかったのも確かだ。

（もしかして彼女はそのことに不満を持っていたのだろうか。いいやそれとも――）

「ジル様、言葉を尽くしてください。結局、それが不安には一番効くのですよ」

幼い頃から自分を知っているマーサは、母のように祖母のように朗らかに笑う。

「貴方《あなた》は言葉が足りないのですから……」

◆◇◆

追い詰められた、というのがきっと正しい表現なのだと思う。

ジルのことを避け始めてから早三日。

とうとうミレイユは彼に捕まってしまっていた。

人気のない城の廊下で、ミレイユはジルに閉じ込められていた。

背中には壁。目の前には、大きな身体。

頭の上にはジルの肘と腕が置かれており、彼は身体を折り曲げるようにして、ミレイユを閉じ込めている。

恐る恐る顔を上げると、渋面のジルがこちらを見下ろしていた。

その表情にはわずかな恐れと更にもっとわずかな怒りが見て取れる。

なのに――

「ミレイユ、話し合いをしよう」

そう言う彼の声はこれ以上ないほどに甘く、ミレイユの胸はまた性懲りもなく高鳴った。

ミレイユが何も答えないでいると、ジルは黙ったままミレイユの手を掴んできた。

「静かな場所に行こう」

ジルが自分と話したがっているのは、昨晩からわかっていた。

そして、何について話し合いたいのかも見当が付いている。

原因はミレイユがジルを避けていることだ。

きっとジルはその理由について問いたいのだろう。

ジルに手を引かれてやってきたのは、彼の部屋だった。

扉を開けると、彼のいつもつけているコロンがふわりと香る。

それはミレイユのことを抱くときにもときどきつけているもので、思わず、ほぉっと、熱い息が漏れた。

たった三日彼と身体を重ねていないだけなのに、もう彼女の身体はこんなにも彼のことを欲してしまっている。

ジルはミレイユのことをソファに座らせると、自分も隣に腰掛けた。

いつもならぴったりと身体を寄せてくるのに、こぶし一つ分ほどの距離を開けているところに彼の言いようのない遠慮のようなものが見て取れる。

ジルは小さく深呼吸をする。

そして、何かを決心したような表情になり、こう切り出してきた。

「すまない。こういうことは慣れていなくてな。単刀直入に聞いてもいいだろうか？　……君は、何か俺に不満があるのか？」

「不満、ですか？」

「不安なことでも、なんでもいい。なにかないのか？」

ミレイユはしばらく考えた後に首を横に振る。彼に不満はない。不安も。

強いて言うのならば不満があるのはミレイユ自身に、だ。

もういい加減失望してもいいはずなのに、ミレイユの頭の中には『もしかして』が駆け巡っている。

だって、彼はこんなにも、ミレイユとの仲を改善しようとしてくれている。

もしかして、私は彼にとっての一番ではなくても特別かもしれない。

心のどこかでそんな風に思ってしまう自分を、ミレイユは責めきれずにいた。

「正直に言ってくれ。できることならば改善しよう」

「ジル様には何の不安もありません」

「なら、どうして――」

俺の事を避けているんだ。

ジルの表情はそう物語っている。

彼は拳一個分あった距離を突然詰めてくると、ミレイユの手を取った。

「俺は、君を帰すつもりはないからな」

「え？」

「いや、一度は一緒に帰らなくてはいけないとはわかっているんだが、これはそういう話ではなくて……」

ジルは言葉を探すように視線を泳がせた後、先ほどよりも真剣な瞳をミレイユに向けてきた。

「君のことは、どんな手を使っても側に置くつもりだ」

瞬間、呼吸が止まった。心臓が内側からこれでもかと身体を叩く。

頬がじわじわと熱くなり、まともに彼の顔が見られなくなった。

こんなの。こんなの、期待するなと言う方が無理だ――

「ずっとずっと、何年も、想ってたんだ。こんなところで諦められない」

「ずっと……」

そのセリフに一瞬にして我に返った。

ミレイユとジルは『ずっと』も『何年も』も一緒に過ごしていない。

つまり、これは――

（そうか……）

ジルがミレイユを引き留めているのは、偽の花嫁を続けてほしいからだ。

『側に置く』といったのも、ずっとではなく一時的なもので、用が終われば国に帰っても問題はないのだろう。

彼がミレイユを留め置く理由は、きっとそれだけだ。

それだけ。

(私は、それだけの、存在)

浮かれていた気分が一瞬にして地の底へ落ちる。

剣山のような岩肌に打ち付けられたミレイユの心は、もうボロボロだった。

(だから、期待しないようにと、あれほど――)

瞬間、こらえきれずに涙が溢れた。

泣くつもりなんて少しもなかったのに、最後の言葉がまるで引き金になったかのように、感情が頬の上を滑る。それを見て、ジルはあからさまにうろたえた。

「そ、そんなに嫌だったか？　君が嫌なら――」

「いえ。あの、その。嫌というわけではなくて……」

ミレイユは次々と流れてくる涙を服の袖で涙を拭う。

こんなことで泣くのは失礼だ。

勝手に期待して、勝手に傷ついた。

ジルは何も悪くない。

悪いのは、愚鈍なのは、ミレイユだ。

「それじゃあ、どうして――！」

「少しだけ、羨ましいな、と思いまして」

そう言えたのは、ジルに想いを受け取ってもらっていたからだ。

いまこの瞬間に自分の気持ちを隠さなくても良いことが不幸中の幸いなのかもしれない。

「羨ましい？」

「ジル様にそこまで愛されている方は、本当に幸せだな、と」

思いを遂げるために、好きでもない女性の顔色をうかがう。こんなこと愛がなくてはできないことだろう。もしかするとミレイユのことを抱いているのも、欲望とか、容姿とか関係なく、彼女の機嫌取りなのかもしれない。

そのことに思い至った瞬間、恥ずかしくて消えてしまいたくなった。

彼は嫌々抱いてくれていただけだというのに、何をバカみたいに加減して欲しいだのなんだの言っていたのだろうか。

「……愛されている方？」

ジルの声にミレイユは顔を上げた。

こちらを見つめている彼の顔には明らかに困惑が張り付いている。

「君は、もしかしてなにか勘違いをしていないか？」

「勘違い？」

「俺が愛しているのは、君なんだが」

「…………え？」

「だから、俺が愛しているのは君だ。君も俺の事を好いてくれているんだろう？」

わが耳を疑うということはこういうことなのだと、ミレイユは目を瞬かせながら理解した。

彼がなにを言っているのかわからない。

いや、言葉は理解できる。意味も。かろうじて。

だけど、話が繋がらない。どうしてここでジルがミレイユのことを愛しているという話になるのかが全くもってわからない。

固まっているミレイユに、ジルは大きくため息をつきつつ、身体の力を抜く。

「さっきから、なんとなく会話が噛み合わないと思ってはいたが……」

「ちょ、ちょっと待ってください！　ジル様はこの国に好きな方がおられるんですよね」

「は？　なんで、そんな勘違いを――」

「だ、だって！　前におっしゃっておられましたよね？　心が危なかった時期に支えてくれた女性がいる、と。その女性のことが好きなのだと！」

ミレイユの言葉に当時のことを思い出したのか、ジルは「あー……」と声を漏らしながら頭をかく。そして、なぜだか黙り込んでしまった。

不安にかられたミレイユは、うつむいたジルの顔を覗き込む。彼の表情は、なにかを迷っているようだった。

しばらくの後、ジルは顔を上げた。

そして、いまだ掴んでいたミレイユの手をぎゅっと握り直す。

「笑わないで、聞いてくれるか？」

「……はい」

「俺が言っていたその女性というのは、……君なんだ」

思わぬ言葉にミレイユが「へ？」と声を上げると、ジルは羞恥に頬を染めたままとつとつと語りだす。

「夢を、見るんだ」

「夢？」

「君の夢だ。いや、正確には、君にとても良く似た女性の夢なのかもしれないが、俺は君の夢だと思っていて。いや、そこはいま、どうでもいいな。……そうだな、俺の見る夢は、いつだって現実に近くて、でも現実じゃない。言うなれば、違う選択をした未来とでも言うんだろうか――」

ジルの語る夢の話は、ミレイユの思い出、そのものだった。

一緒に観劇に行って、ミレイユがはしゃいだこと。

一緒にピクニックに行って、初めて馬に乗せてもらったこと。

一緒に遠乗りに行って、湖に落ちかけたこと。

ミレイユの前世の記憶という一方的な思い出だったものを、ジルも覚えてくれていた。

なぜか記憶していてくれていた。

「俺はその女性に心を救われたんだ。それからずっと彼女――君のことが好きで……」

その奇跡に、ミレイユは目を見開いたまま固まってしまう。

「なんで……」

「や、やっぱり、怖かったか⁉」

固まってしまっているミレイユのことをどう思ったのか、ジルが慌てたように聞いてきた。

ミレイユはゆるく首をふる。

「……初めて」

「ん？」

「初めてダンスを申し込んでくださった時、足を踏んでしまってすみませんでした」

「え？」

「あのとき、ジル様からダンスを申し込んでくれるとは思わなくて、緊張してしまって……」

「君は、もしかして――」

ミレイユと同じ思い出がジルの中にもあったのだろう、彼の瞳は驚愕《きょうがく》に見開かれる。

「ジル様が紅茶にいれるためのジャムをくれた時、本当に嬉しくて。その時のメーカーのジャムを今も使っているんですよ？」

「もしかして、君も？」

信じられないという顔でジルがそう聞いてきて、ミレイユは頷いた。

「私も、ずっとジル様との夢を見ていました」

本当は前世の記憶だが、こうなってしまえば全部一緒だ。

ジルに手を引かれ、気がつけばミレイユは彼の腕の中にいた。

ぎゅうっとこれ以上なく抱きしめられて、ミレイユは今度こそ喜びで唇を震わせる。

「信じられない」

「私も――」

一つになってしまうのではないかと言うぐらいの強度で、互いに抱きしめ合う。

先ほど悲しみの涙を流したその目から、ミレイユは喜びの涙を流した。

「君は憶えているだろうか。王宮の庭園で君が蜘蛛《くも》が出たと騒いでいて……」

「あのときはすみませんでした。まさか、ジル様を噴水に落としてしまうだなんて……」

「いや、俺も。結局君まで水浸しにしてしまった」

二人は鼻が触れあうほどの距離に顔を近づけたまま苦笑し合った。

「以前から、夢の中でお会いしたときから、ずっと好きでいてくださったのですか？」

ミレイユがそう問うと、ジルは「あ、あぁ、そうだな」と恥ずかしげに頬を染めた。

「それなら今度はもうちょっと早く『好き』と言ってください」

「言って、なかったか？」

「私は先ほど初めて聞きました」

だからこそ、叶わない片想いだと思ってしまっていたのだ。

ジルはそこで自分の過ちに気がついたのだろう。口元を覆い、何やら考え込むような顔つきになる。

「悪かった。てっきり、言ったものだとばかり。……俺は本当に言葉が足りないな」

ジルの太い指が、先ほど頬を伝った涙の後をなぞる。

「君のことも泣かせてしまった」

ミレイユはそんな彼の手を取る。そして、口元に近づけああと、それで顔を隠した。

「ジル様、キスしてください」

「キス？」

「それで、許してあげます」

彼の手から顔を覗《のぞ》かせながらミレイユはそう言った。

自分からキスを強請《ねだ》るんだなんて、恥ずかしくてどうにかなってしまいそうだ。

ジルはそんな彼女に一瞬だけ驚いたような表情を浮かべると、ふっと笑ってミレイユに身を寄せた。

初めてのキスより、情事で交わしたキスより、その時のキスが一番甘くて重たかった。

◆◇◆

「父上！　どうしてですか！」

ヘンリーは自分より数歩先を歩く父親に駆け寄り、そう声を荒らげた。

厳しいながらもいつも最後には自分の要求を呑《の》んでくれるはずの父親は、ヘンリーの方を見ないまま廊下を歩いている。

ヘンリーはそんな父親の腕を掴んで止めた。

そこでようやく、父親の視線がヘンリーに向く。

「父上、どうして！」

「ヘンリー、私はずっと言ってただろう？　お前が王太子になるには、ミレイユ嬢を娶《めと》るのが条件だと」

「それはわかってます！　わかっていますが！　アイツは僕に暴力を振るったのですよ⁉　なのにそれを忘れて娶れと言うんですか⁉」

「それもお前が言っているだけだろう？　ミレイユ嬢は突き飛ばしてしまったことは認めていたが、その前にお前に押し倒されたと言っていたぞ？」

「た、確かに押し倒しましたが、でも、突き飛ばされたのは事実です！　彼女は俺に暴力を振るったんです！」

まるで子供のような言い訳に、父親は「ヘンリー……」とため息交じりに彼の名を呼んだ。

「お前の言うことを信じるとして、それならばお前はあんな華奢な女性に負けるような男だったということになるぞ？　それでいいのか、お前は……」

「僕は――」

「もういい！」

父親はヘンリーの言葉を遮るようにそう言って首を振った。

ヘンリーはまるで幼い子供のように身体を強張《こわば》らせながら、父親の話を聞いている。

「もし本当にミレイユ嬢が罪を犯していたのならば、王族に仇《あだ》をなしていたのならば、私だってまた違う考えを持ったかもしれないが。まったく、お前は本当に……」

そう言う彼は、もうヘンリーとミレイユの間にあったことを正しく認識しているようだった。

（でも、誰が？　どうして？　あのとき部屋には俺たち二人しかいなかったのに……）

「お前はそれだけでなく、彼女のあらぬ噂を国中に撒《ま》いているだろう？」

「そ、それは、ドロシーが！」

「そうだろう。きっとドロシー嬢がお前をそそのかしたのだろう。お前は性格は悪いがそこまで陰湿な事はしないヤツだからな。でも、だからこそ、お前にはミレイユ嬢が必要だったのだ」

「なん――」

「何事にも流されやすいお前を側で支えるのは、あの子でなくてはならなかった。あの子はそのための勉強を幼い頃からやっていたし、結果を出してもいた。なのに、お前ときたら……」

「とにかく、お前の立太子は取りやめる。ドロシー嬢と結婚したいのなら、好きにしなさい。もう私も反対はしない」

失望を顔に貼り付けて、父親は彼に背を向けた。

ヘンリーは信じられない面持ちで去って行く国王の背中を見つめる。

「アイツが、アイツが全部……」

恨みの籠もったそのうなり声は、誰にも届くことなく、かき消えていった。

第四章

『ミレイユ・ディティエ。何か言い残すことはあるか？』

その声は冷たくミレイユの上に振ってきた。

ボロ衣のような裾の破れたドレスを纏《まと》っているミレイユはその場に膝をついたまま声の主を見上げた。

（ヘンリー様……）

彼はどこまでも感情をなくしたような顔でこちらを見下ろしている。視界の端には遠巻きにこちらを見守る彼の婚約者――ドロシーがいて、楽しそうに唇を引き上げていた。

ミレイユはゆっくりと周りを見回す。

円形の広場に組まれた円形の舞台。その中心に置かれているのは、鋭い刃がついた断頭台。

切っ先はよく磨かれていて、一発で首を落としてくれそうだ。

なんだかそれだけがわずかな救いのような気がした。

（いまからあそこで、私は――）

『私は、そこまでの罪を犯したのでしょうか？』

気がついたら、ヘンリーにそう問いかけていた。

彼はその言葉に『執行官、罪状を』と声を張り上げる。

すると、黒い服を着た壮年の男が長い長い紙を取り出してミレイユの罪状を読み上げた。

それは数日前に聞いたものより罪状が二、三個増えていた。

そのどれもが身に覚えのないものである。

（あぁ、この人は私をどうしても殺したいのね……）

ミレイユはわかっていたその事実を再確認して、がくりと頭を垂れた。

喉が渇いていた。お腹《なか》も空いていた。猛烈に眠たかった。

数日前から食事はもらっておらず、睡眠も取らせてもらっていなかった。

それがミレイユに自白を強要するための拷問だとはわかっていて、ミレイユも負けじと彼らが言う『ミレイユの罪』を認めなかった。

けれど、結局こうなった。こうなってしまった。

喋《しゃべ》らなくなったミレイユの両脇を黒い服を着た男たちが支える。

そして、彼女を大きな木枠の前へ連れて行った。

されるがまま、ミレイユは半円に切られた木の枠に自分の首を置く。

すると上からも半円の木枠が降りてきて、ミレイユの首を固定した。

(早く終わらせて――)

もう、それだけが願いだった。早く終わらせて欲しい。お願いだから。

これ以上、悲しくならないうちに――

『ミレイユ！』

愛《いと》おしい人の声がする。顔を向ければこちらを見る群衆の中にジルがいた。

外套《がいとう》のフードを被っていて、その容姿ははっきりと見て取れないが、間違いない。彼だ。

ミレイユはジルの姿を認めて唇を引き上げる。

『ミレイユ！　ミレイユ！　ミレイユ！』

『ジル、さ――』

彼の名前を呼び終わる前に視界がぶれて、暗転した。

『ミレイユ！』

耳だけが最後まで彼の声を拾い続けていた。

◆◇◆

全身に汗をかいてミレイユは飛び起きた。

荒い呼吸を整えつつ周りを見回すと、そこは断頭台ではなかった。

こちらを見る群衆も、怖《おそ》ろしいほどの無表情を顔に貼り付けるヘンリーも、笑うドロシーも、黒服の男たちもいない。

そこはジルとミレイユの寝室で、隣にはまだ眠っている愛おしい人がいる。

窓の外を見れば、もう日が昇っていた。

（……夢？）

ミレイユは安堵《あんど》の長い息をつく。

身体を折り曲げながら、震える身体を抱きしめると、凍りそうなほどに冷たかった全身がわずかに体温を取り戻した。

リアルな夢だった。すごくリアルな夢だった。

頬《ほお》を打つ冷たい風も、膝の痛みも、腕を縛るロープの感触も、どれも現実と同じようにミレイユに襲いかかってきた。

（もしかしてあれは前世の――？）

記憶を夢に見たのだろうか。しかし、あんな過去、ミレイユにはなかったはずだ。

前世でも前々世でもない、リアルな記憶。

（もしかして私には、憶《おぼ》えている二つ以外にも前世があるのでしょうか……）

そう思った瞬間、呼吸が止まった。

もしかすると自分はずっと殺され続けているのだろうか。ずっとずっとずっと。

憶えているのが二つなだけで、本当は、もっと、いっぱい――

「――ぅ」

口元を覆い、吐き気を堪える。

もう嫌だ。あんな思いはもう嫌だ。こんなに、幸せになったのに……

「ミレイユ？」

隣からジルの声がして、ミレイユはそちらを向いた。

ベッドに寝転がったままの彼は、目に涙を溜《た》めたミレイユの表情を見て飛び起きる。

そして、まるで条件反射のように彼女をぎゅっと抱きしめた。

「どうしたんだ⁉　大丈夫か？」

「夢を……」

「夢？」

「怖い夢を見てしまって……」

ミレイユは縋《すが》るように彼の服を掴《つか》む。すると、ジルは更に腕の力を強めてきた。

そして耳元で彼女のことを安心させるような声を出した。

「大丈夫だ。俺がいる」

なんの根拠もないその言葉がじわじわとミレイユを満たして、身体が弛緩《しかん》していく。

どうしてこんなにも彼は自分のことを幸せにしてくれるのだろう。

「一体どんな夢を見たんだ？」

「それは――」

ミレイユが夢の内容を口にしようとしたときだった。

突然、ミレイユの部屋に繋《つな》がる方の扉がノックされた。

時計を見れば、まだ使用人が部屋に来るには早い時間である。

どうかしたのだろうかとミレイユが「どうぞ」と口にすると、扉が開いて一人の使用人が申し訳なさそうな顔で部屋に入ってくる。手には一枚の手紙があった。

「ミレイユ様にお手紙です。内容を確認したところ、早めにお届けした方がいいという判断になり……」

ミレイユが手を伸ばすと、使用人の女性は手紙を置いてきた。

差出人を見てみると、父だった。

何か状況が変われば連絡をすると、彼は国を旅立つ前に言っていた。

（もしかして、何かあったのかしら）

そう思った瞬間、嫌な予感がした。先ほどまで見た夢が一瞬だけ頭をかすめたのだ。

ミレイユは頭を振ってその予感を振り払うと、手紙を開けた。

そして、中の便せんを取り出す。

「これって……」

ミレイユは眉を寄せる。便せんにはたった数行しか書かれていなかった。その中でも内容らしい内容はたった一行だけ。

『早急に国に戻ってきなさい。話したいことがある』

どうして早急になのだろう。

どうして内容を詳しく書いてくれないのだろう。

（もしかして――）

再び身体が小刻みに震えだす。

そんな彼女の身体をジルが支えるようにぎゅっと抱きしめた。

◆◇◆

帰ってこいと言われて帰らないわけにも行かず、ミレイユはその日の昼から支度を始めた。元々持ってきたものは少ないが、明日の朝にはこちらを発《た》つ予定なので色々と急がなくてはならない。

それなのにミレイユは支度に身が入らないでいた。

原因は手紙の内容と、今朝見た夢だった。

(私は、どうなるんでしょうか……)

ミレイユの憶えている前世では、帝国に来るという流れはなかったはずだ。だから警戒をしつつも少しは死の運命が変わっているのではないかと思っていたのに、今朝見た夢がそんな希望を壊していた。

どう思い出しても、あれはミレイユの憶えている前世とは別物だった。

見た夢が単なる夢だという可能性もあるが、そうじゃなかった場合、ミレイユの感じていた希望がすべて無くなってしまうのだ。

つまり、同じように同じように帝国に来て、ジルと想いを交わし、死んでいったミレイユもいたのかもしれないのである。

今回の帰国にはジルも付いてきてくれることになったが、ミレイユはそれでも不安でたまらなかった。帰ったら捕まるのではないか。捕まって、ジルと引き離されて、あの暗い地下牢《ちかろう》で一人悲しく死を待つ運命になるのではないだろうか。

こんな心配ばかりしていたって仕方がないと頭ではわかっている。

わかっているが、ミレイユはどうしても頭の中にある不安を拭い去ることができないでいた。


（やっぱり、ご迷惑かしら……）

ミレイユはそんな風に思いながら目前の扉をじっと見つめた。

その奥にあるのは、執務室である。

ミレイユはどうやっても消えてくれない不安を解消するため、ジルに会いに来ていた。

（今日は一日仕事があるとおっしゃっていたから、こちらにおられると思うのだけれど……）

ミレイユは目の前の扉を見ながらゴクリと生唾を飲んだ。

いつでも来て良いとあらかじめ言われてはいたけれど、実際に訪ねたのは初めてで、少しだけ緊張してしまう。

ミレイユは扉をノックしようとした。

しかし、やっぱり勇気が出ずにすぐさま手を下ろしてしまう。

それを何度か繰り返して、彼女は諦めたように肩をがっくりと落とした。

「こんなこと相談されても迷惑よね……」

ミレイユの悩みを端的に表すと『怖い夢を見た』『嫌な予感がする』である。

正直な話、これをジルにどう解消してもらうのだという感じである。

彼だってそんな曖昧で不確かな不安どうやって拭えばいいかわからないだろうし、慰め方だって思いつかないだろう。

(でも……)

ミレイユが相談できる相手はジルしかいない。

同じ過去を共有する彼にしか、こんな非現実的な事話せない。

しばらく扉の前で考えて、やっぱり彼の迷惑になるからと踵《きびす》を返したときだった。

「そんなところで何をしているんだ?」

扉が開く音と同時にそんな声がした。

振り返ると、少し驚いたような顔でジルがこちらを見ている。

なんと返したらいいかわからず、ミレイユはあわあわとくちびるを動かした。

「今朝の夢のことか?」

ミレイユが何か言う前にそう問われて、ミレイユは驚いた目を彼に向ける。

すると、ジルは「そのぐらいのことはわかる」と少しだけ笑った。

「実は今から話を聞こうと思っていたんだ。今朝の様子が気になったからな」

「そう、なのですね」

「中で話すか」

そう言って、彼は扉を開けてミレイユのことを招き入れた。


ミレイユはソファに座るなりジルにため込んでいたことをすべて話した。

最初は上手に話せるか不安だったが、思っているよりも話したくて仕方がなかったのだろう、堰《せき》を切ったようにミレイユの不安は口から流れ出た。

何度も自分が死ぬ夢を見る。

それがあまりにもリアルで、現実になりそうで怖い。

これから帰国するのが不安だ。

それらをつらつらと、順番なんて関係なく、吐き出したいように吐き出した。

ジルは、ミレイユの荒唐無稽な話を笑うことなく、真剣な表情で聞いてくれた。

二十分ぐらいは一人で話していただろうか。

気がつけば目尻には涙が溜まっていた。

突然泣き出してしまうのもどうかという気がして、ミレイユは必死に涙を堪えた。

ミレイユがすべての不安を吐露し終えると、ジルは彼女のことを抱きしめてくれた。そして、頭を撫《な》でてくれる。

「それは、怖かったな」

その言葉で何かが解決したわけでもないのに、胸の中にわだかまっていた不安が解けてだんだんと消えていく。

疑うわけでもなく、茶化《ちゃか》すわけでもなく、彼が真っ正面から不安を受け止めてくれたのが嬉《うれ》しかった。

「こうやって、慰めることしかできなくて悪いな」

「いいえ。聞いてもらえて嬉しかったです」

ミレイユが身体を預けると、ジルもこちらに寄り添うように身を寄せてくる。

二人はしばらく黙ったままお互いに寄り添い合っていた。

ジルの手がミレイユの手を優しく包む。

「一つだけ約束しよう。君を死なせはしない」

「ありがとうございます」

きっとジルもミレイユもその言葉が何の役にも立たないことを知っていた。

悲劇はいつだって突然襲いかかってくるのだし、それを回避するすべは未来を知っていなければできない。けれど、その言葉にミレイユの心は救われた。

　それだけで、今は十分だった。

「俺に何かできることはあるか？」

「できること、ですか？」

「あぁ、君の不安を取り除くのに、他に俺ができることはあるか？」

　先ほどの言葉でミレイユはもう十分だというのに、ジルは更に何かをしてくれるという。ミレイユはそんな彼の優しさに『大丈夫です』と言いかけて、口を噤《つぐ》んだ。

「抱いて、ください……」

　ミレイユはジルのシャツを掴むようにして、か細い声でそう言った。

　恥ずかしくて彼の顔が見られなかったけれど、彼の身体の筋肉が硬直したのがシャツ越しにわかる。頬がじんわりと熱くなって、一瞬だけ口から出してしまった言葉に後悔してしまったけれど、それが今のミレイユの正直な気持ちだった。

　ミレイユは更に言葉を続ける。

「忘れさせてください。安心させてください」

　何も考えられないほどに、激しく抱いて。

（今晩にでも――）

朝までじっくりと愛してもらえたら、この不安も少しは薄れるかもしれない。

ミレイユは夜のことを想像して、膝頭をすりあわせた。

彼との約束があったら、帰国の支度もまだ頑張れるかもしれない。

「わかった」

ジルはそう頷《うなず》いた後、ミレイユの顎を持ちあげた。そのまま、キスをしてくれる。

「んっ」

重なるだけのキスから、すぐさま舌の絡み合うキスになって、まるで食べられているかのような深く齧《かじ》りつくようなキスになった。

唾液どころか呼吸まで奪われて、ミレイユの頭は酸欠でクラクラになっていく。

「ん、んんん――」

そうして、ようやく唇が離れたと思ったら、今度はスカートの方へ彼の手が伸びていた。膝頭を直接触る彼の手は情事を思わせるもので、ミレイユは思わず大きな声を上げてしまう。

「ちょ、ちょっと待ってください！　な、何してるんですか⁉」

「ん？　抱いてほしいと言ったのはミレイユだぞ？」

「わ、私は今晩って意味で言ったんです！　こんな明るいうちから恥ずかしいことをしてほしいというわけじゃ――」

「あぁ、そうだったのか」

その言葉にミレイユがほっとしたのもつかの間だった。

彼はソファに座っているミレイユの前に膝をつき、彼女を持ち上げたのだ。

「ひゃぁ――！」

「悪いな。でも俺はもう、その気になってしまった」

色が付いてしまったその声に、ミレイユは小さく「ひっ」と漏らした。


ちゅくちゅくと粘っこい水音が部屋の中を満たしていた。

それは解しきったミレイユの秘所とジルの切っ先がふれあったり離れたりする音だった。

「ジル様、この体勢は――」

「ん？　まだ寝室には行きたくないんだろう？」

「だから、それはこういう意味で言ったんじゃ……んっ」

ミレイユの小さな身体はジルのたくましい腕に支えられるだけになってしまっていた。

両膝の裏に回った彼の太い腕が背中の方にまわり、臀部《でんぶ》をがっつりと掴んでいる。

こんなのまるで荷物のようだとミレイユは思う。

ミレイユの身体が小さいと言っても、彼女の着ているドレスも一緒となればそれなりの重さがありそうなのだが、彼はいとも簡単に彼女の身体を支えてしまっている。

ミレイユは落ちないように必死に彼の首へすがりつく。

背中に壁があると言ってもこれはなんだか心もとない。

ジルはミレイユの耳元で安心させるような優しい声を出した。

「どれだけ暴れても平気だ。俺が支えている。決して落としはしない」

「でも！」

「俺が信じられないか？」

ミレイユは首を振った。ジルのことは信用している。

信用はしているが、だからといってこの体勢はさすがに——

そう冷静に考えられたのもそこまでだった。

ミレイユの大きく広げられた割れ目に、丸くて、熱い先端が埋め込まれた。

「あぁ——！」

ミレイユはあられもない声を上げながら、思わずジルの首に抱きついた。

ジルの杭《くい》が、いきなりミレイユの最奥をえぐってきたのだ。

「挿れただけで達したのか？」

その言葉で、自分が達してしまったのだということを知る。

つま先がぴくぴくと痙攣《けいれん》して、彼の雄を包んでいる肉壁が精を搾り取るようにうごめいているのが自分でもわかる。

「あ、あぁ……」

「君はやはり、かわいいな」

染み入るようにそう言われ、顔を見た。

そして見なければよかったと少しだけ後悔した。

ジルの目はまるで獲物を見つけた猛禽類《もうきんるい》のように見えた。

もうこれはあれだ。どう抵抗しても、めちゃくちゃにされるやつだ。

こうなった彼は遠慮を知らないのだ。遠慮なく愛をぶつけられるというのは、嬉しいといえば嬉しいが、しかし、それ以上に大変だった。

（確かに忘れさせてほしいっていいましたけど――）

これはどちらかといえば、『忘れる』と言うより『何も考えられなくなる』だ。

結果としては一緒かもしれないが、過程がちょっと想像していたのよりハードである。

「……動くぞ」

ミレイユの身体が落ち着くのを待って、ジルはゆっくりと臀部を持ち上げた。ずるりと彼の雄が引き抜かれ、そして――

「――んっ」

また、最奥をえぐられる。

もうそれだけで、いつもより強めの電気が全身に走った。目の前がチカチカして、身体から力が抜けそうになる。

「少しだけ強くするぞ」

「ちょ――」

それはもう、暴力と言っても過言ではなかったかもしれない。

「あ、あぁ、あぁっ！」

自分の体重がかかっているからだろうか、ジルの杭はいつもよりも深い場所をえぐる。

ただでさえ、ミレイユにとって彼のは身に余るものなのだ。

しかも、完全に彼に主導権を握られているため、どれだけミレイユがいやいやと首を振ろうが彼は腰を止めてくれない。

「だめ、これ！　なんか、いけないところにはいちゃって――」

「いけないところというのは、ここか？」

「はうっ！」

ぐりっと、子宮口をえぐられて、ミレイユは喉をのけぞらす。

それでもやっぱり、ジルの腰は止まらない。

「やだぁ。やだやだやだ！　こわれちゃ――」

「壊れない。俺は君を壊さない」

「でも――ぁあぁぁ！」

「大丈夫だ。ちゃんと大切にする。約束しただろ？」

そう言いながら頬にキスを落とされた。

もうそれだけで多幸感が全身を包む。

「ジルさま、キス、して」

「……おいで」

下から突き上げてくる彼の腰は乱暴なのに、重なった唇にどうしようもない優しさを感じる。

「ジル様、だいすき」

耳元でそうささやくと、ジルはまたぐりっと最奥をえぐった。

◆◇◆

「ミレイユ！　待っていたよ」

手紙をもらってから四日後。

帰国したミレイユを出迎えたのは、桟橋で彼女を待っていた父親――ニルス・ディティエのそんな言葉だった。

両手を広げ娘の帰国を歓迎するニルス。ミレイユはそんな彼の腕の中に飛び込みながら「ただいま帰りました」と僅かに声を弾ませた。

あんなに帰りたくなかった故郷なのに、こうして出迎えられると嬉しいのだから、まったく自分もいい加減なものである。ミレイユは父の腕の中でそんな事を思った。

ミレイユを離したニルスはその後ろにいたジルに深々と頭を下げる。

「この度は大変お世話になりました」

「いいえ。娘さんが知見を広げるお手伝いができたのなら幸いです」

ジルはそう言って朗らかに笑う。

どうやらジルはミレイユをこの国から連れ出すとき『娘さんに相談されたのですが、彼女は結婚前に帝国の方に留学してみたいと思っていたらしいのです。もしよかったら、この機会にどうですか？』と言って、ニルスから許可をもらっていたらしい。『話を合わせてほしい』とジルに船の中で頼まれて、ミレイユははじめてそのことを知ったのだ。

一通り形式張った挨拶が終わったのを見計らって、ミレイユは手紙をもらってからずっと気になっていた事を彼に聞くことにした。

「お父様、お話とやらは？」

「それは、屋敷に帰ってから話そう。あまり人に聞かれたくない話なんだ」

ニルスが声を潜めたのを見て何かを察したのだろう。

ジルは「では、私はこれで」と二人に背を向けた。

しかし、その背中をニルスは止める。

「待ってください！　もしよろしければ、ジル殿下も聞いていってくださいませんか？」

「……構わないのですか？」

「本当はよくないのかもしれませんが、娘の将来の話のことでもありますので。場合によっては少し頼る事になりそうなお話で……」

その言葉に、ジルは「それでは」と同行することになった。


そして、屋敷に着いたニルスが発した言葉は、ミレイユの想像を超えるものだった。

「実は、ヘンリー殿下の立太子が白紙になった」

「え⁉」

「それに伴い、お前との婚約話も全部無くなった」

その言葉に喜んでいいのか悲しんでいいのかよくわからないまま、ミレイユは口を半開きでニルスの次の言葉を聞く。

「お前に変な噂《うわさ》が流れた当初は、お前の代わりにドロシー嬢が婚約者となり、ヘンリー殿下は予定通り立太子される予定だった。しかし、状況が変わってな」

「状況？」

「お前とヘンリー殿下の会話を扉の外から聞いたという使用人が出てきてな。彼女が部屋の中で何があったのかを全部正直に話してくれたんだ。話の内容からしてお前に罪がないことがわかり、それに呆《あき》れられた陛下が立太子を白紙にしたんだ」

「そう、なのですね。でも、その使用人の方、よく証言してくださいましたね」

その証言をするということは、ヘンリーを敵に回すということと同義だ。

将来この国を背負うかもしれない人間を敵に回すという事の恐ろしさをミレイユは身をもって知っている。

「それは、彼が協力してくれたんだ」

そこで父の視線がジルの方を向く。

ミレイユが「へ？」と気が抜けた声を出すと、ジルはわずかに肩をすくめてみせる。

「お前が帝国に発《た》ったあと、ジル殿下の配下の者たちが国に残り、噂の真実を探っていてくれたんだ。そして例の使用人を見つけ、帝国への移住を許可し、仕事や住むところを斡旋《あっせん》する代わりに、先ほどの証言をしてもらったのだよ」

「それじゃ、その女性は？」

その問いに答えたのはジルだった。

「家族と一緒にもう帝国に向かったよ。よほどヘンリー殿下の報復が怖かったんだろうな。ちなみに、名前も身分も別のものを用意したし、ある程度の金も持たせてあるから、いくらヘンリーが根気強く追いかけたとしても逃げ切れるだろう。まぁ、彼がそこまで追いかけるかどうかもわからないがな」

「そう、なのですね」

まさかジルが自分の悪い噂を払うためにそこまでしてくれていたとは知らず、ミレイユは驚きで瞬《まばた》きを何度も繰り返す。

そうしていると、頭の中にジルと王宮の庭園で再会した時のことが蘇《よみがえ》ってきた。

ジルはあのとき帝国から連れてきただろう兵士と話をしていた。

もしかすると、『この国に残った配下の者』というのは、彼のことかもしれない。

「そもそも彼の立太子は、お前との結婚が条件だったんだ」

「そうなのですか⁉」

「あぁ、ミレイユが支え、我がディティエ家が後ろ盾になることが、ヘンリー殿下が立派に国王としての職務を全うできる条件だと陛下は考えておられた。お前の噂が流れたときは、ヘンリー王子に落ち度はなかったという判断だったのだが……」

そんなことなら最初からヘンリーの弟のどちらかを後継者として指名すればよかったのに……とミレイユは一瞬だけ考えたが、それはそれでヘンリーを支持している貴族から『順番が違う！』と反発が起きそうだった。

もしかすると、同じような理由で国王もヘンリーを王太子に指名しようとしていたのかもしれない。

「で、ここからが問題だ」

「問題、ですか？」

「あぁ、お前の嫁ぎ先についてだ」

問題、というから身構えてしまったが、父親の言葉を聞いてミレイユは「なんだ、そのことですか……」と力を抜いた。

「そんなこと、じゃないだろう？　まったくお前はいつもいつも自分のことを後回しに……」

「お父様、それは今後回しで良いので、早く話の続きを」

「それもそうだな」

ニルスは咳払《せきばら》いを一つした後、これでもかというほど真剣な視線をミレイユに向けた。

「正直な話、お前の噂は下火になっているが、中には未《いま》だに信じている人間もいる。というか、陛下も息子には甘い人だからな、公式にお前の噂を否定はしないだろう。そうなってくると、一度醜聞の流れたお前を貰《もら》いたいという貴族がなかなかいかなくてな。私も必死に探してみたんだが……」

ニルスは渋い顔でミレイユたちの前に数枚の書類を滑らせた。

ミレイユが手に取ってみるとそれは釣書だった。

紙にはミレイユの結婚相手として数人の名前が挙げられてある。

ミレイユはそれらを手に取り、目を通した。

しかし、目を通し始めて数秒で、その書類を破り捨てたい衝動に駆られてしまう。

その中に書かれていたのは、もうすぐ七十を迎えようかという好色ジジイと、幼子に手を出そうとして捕まりかけた変態野郎と、嗜虐《しぎゃく》趣味を公言している首絞めゲス男が並んでいた。

「これは……」

「本当に、申し訳ない……」

ニルスが頭を下げるのを見て、ミレイユは青い顔で「つまり、お父様はこの中から選べとおっしゃるのですね？」と重ねて聞いてしまった。

いくら娘を嫁に行かせたいからと言って、これはひどい。ひどすぎる。

こんな人たちの元へ嫁ぐぐらいなら、修道院行きの方がましである。

ミレイユの顔色を正しく読み取ったのだろう。

ニルスは「だからこそ、ジル殿下を呼んだんだ」と縋るような目で今度はジルを見た。

「殿下、そちらの方で何か娘に良い縁談はありませんでしょうか？　こんなに可愛《かわい》く美しく育った娘なのに、このまま神の妻となるのはあまりにも惜しく、他国でも幸せになってくれるのならば私は喜んで……」

「それなら心配には及びません」

ジルの言葉にニルスは「へ？」と唇を半開きにさせる。

「もしよろしければ、私が娘さんをもらいうけてもよろしいでしょうか？」

「ん？　もらいうけるとは……どういう」

まさか二人が恋仲だとは思っていないのだろう。ニルスの顔に困惑が浮かぶ。

ミレイユがどう説明しようか迷っていると、ジルがそっと手を握ってきた。

「いつ言おうかと思っていましたが、私は彼女を愛しています。彼女との結婚を認めていただけないでしょうか？」

「わ、私も！　ジル様のことを愛しています！」

勝負ではないのだが、ミレイユが負けじとそう声を張ると、隣のジルがぷっとふきだした。

笑われたことが悔しくて頬を赤く染めたままジルを睨《にら》み付《つ》けると、彼は顔に笑みを浮かべたまま「悪い」とまったく申し訳なさそうではない謝罪をしてくる。

そんな仲睦《むつ》まじい二人の様子に彼らの言葉が真実だとわかったのだろう。

ニルスは少し固まった後に「えええええぇぇえぇ――!?」と屋敷中に響き渡るような大声を出した。


かくして、ミレイユとジルはすぐさま婚約という運びになった。

ニルスが婚約を急いだのは、ジルの気が変わらないうちに……と思ったからかもしれないし、ヘンリーの時のようなことがあってはいけないと思ったからかもしれない。

ジルと結婚するためにはもう何個か試練を乗り越えなくてはならないと勝手に思っていたミレイユは、あまりのあっけなさに、婚約するための書類にサインするまでこれが本当の事だとは信じられなかった。

「あの、少し思ったのですけれど、私の悪い噂を払拭するために尽力してくださったということは、私がお父様からお手紙をもらったとき、お父様の言う『大事な話』がどんなものなのかジル様は知っていたのではないですか？」

ミレイユがそのことに思い至ったのは、ちょうど二人が書類を書き終えた直後のことだった。

ミレイユの問いにジルは苦笑する。

「まぁ、ある程度はな。いきなり君の結婚話が出てきたのは予想外だったが、十中八九ヘンリーの話だろうなとは思っていた。まぁ、立太子が白紙になるところまでは想像していなかったが……」

だから彼は手紙が来たとき、あんなに平気そうにしていたのだ。

その時の悲しみや苦さを思い出して、ミレイユは口をへの字に曲げた。

「な、なんで言ってくださらなかったのですか⁉」

「ニルス殿が本当にその話をするのか確証がなかったんだ。それに……」

「それに？」

「噂のことがなんとかなったと知ったら、君が帰りたいと言い出してしまうと思ったんだ」

どこか恥ずかしそうにジルはそう言って顔を逸《そ》らす。

その表情にミレイユは先ほどまでの怒りを忘れて、目を瞬かせた。

この人なりに自分のことをつなぎ止めようと必死だったのだ。

そう思ったら、目の前の彼がどうしようもなく愛おしくなった。

ミレイユはジルの手を取ると、彼の手の甲に唇を寄せる。

「言うわけありません。私がジル様の側を離れるなんて……」

羞恥を堪えながらそう言うと、ジルは「そうだな」と笑って、ミレイユの頬に唇を落とした。

それから国王の誕生日式典まで二人はジルの屋敷で過ごした。

もう公然の関係となった二人は新婚同様に睦《むつ》み合い、愛を育んだ。

朝から晩までベッドで愛を語らうようなこともあったし、二人の思い出(前世)をなぞるように、観劇や遠乗りに出向いたりもした。

ミレイユの胸は常に温かいもので満たされていて、これが幸せなのだと、改めて感じることができた。

しかし、それも数日間のことだった。


「えっと、陛下に謁見、ですか?」

「あぁ、陛下がどうしても君に謝罪したいと言っていてな」

式典を二日後に控えたその日、王宮から帰って来たジルからミレイユはそんな提案を受けた。

話を持ってきたジルもあまり乗り気ではないように表情はあまり良いとは言えない。

しかし『ミレイユに謝罪したい』という国王の頼みを彼が勝手に断るわけにもいかずこうしてミレイユに話を持ってきたということだった。

「君が話を聞きたくないということなら、俺から断っておく。無理をする必要はない」

そんな優しい言葉を受けて、ミレイユはしばし考えた。

そして「行きます」と真剣な目を彼に向けた。

「いいのか？　先ほども言ったが無理はしなくていいんだぞ？」

「無理ではありません」

本当は王宮なんて二度と行きたくない。

あそこにある思い出で良かったことといえば、ジルと再会できたことぐらいだ。

前世通してあそこはミレイユの戦いの場であり、敗北の場であった。

（でも――）

だからこそ。

逃げたままでは良くないと思ってしまったのだ。

今が幸せだから、なおのこと。

そこで国王からジルとの婚約を祝福してもらえれば、もしかするとミレイユにとって王宮はいい思い出の場所になるかもしれない。

「それに、なにかあったら守ってくださるんですよね？」

ミレイユがおどけたような顔でそう笑うと、ジルは一瞬だけ驚いた顔をしたあと、どこか嬉しそうに頬を引き上げた。

「当たり前だ」

◆◇◆

そして、翌日――

「ミレイユ、本当に申し訳なかった」

再会してものの数秒で、国王はそうミレイユに向かって頭を下げてきた。

場所は謁見の間。聞くにも語るにも慎重にならざるを得ない話をするので、その場に人はミレイユとジル、それと国王と、必要最低限の護衛しかいなかった。

どうやら国王はミレイユの事をきっかけに、今一度息子のことを調べ直したらしい。

すると、出てくるわ、出てくるわ、違法行為の数々。

しかもそのどれにも、ミラー家が関わっていたらしく、国王は『おそらくドロシーにそそのかされてしまったんだろう……』と長いため息をついていた。

話を聞いていて一番強烈だったのは、他国から入ってきた馬車たちを、ヘンリーの一存で検閲無しに通してしまっていたことだ。

それらの荷台には王都の人間を一年中漬けてしまえる量の阿片《あへん》が乗っていたらしい。

今回のことで、国に広まる前に阿片を回収することができたが、もう少し遅れていたらこの国はじゃぶじゃぶの薬漬けにされていたかもしれないという。

「えっと、それでミラー家は……」

「ジャンは捕まえたが、知らぬ存ぜぬを通しておる。ドロシーには、逃げられたな」

「逃げられた？」

「渡していた王家の紋章をヘンリーが彼女に貸していたらしいのだ。あれがあればどこへでも行けるだろう。あぁもう、まったくアイツは……」

思わず「うわぁ……」と小さな声が漏れた。不敬だと思いすぐさま口を噤んだのだが、国王は気にするそぶりもなく頭を振っている。

「ヘンリー殿下は？」

そう聞いたのは隣にいたジルだ。

国王は彼に視線を向けるとまた長い長いため息を吐き出した。

「今回のこともあり、謹慎中だ。部屋の前に見張りが付いているから、事実上の軟禁だな。廃嫡までは考えていないが、それも今後の反省次第だろうな」

国王の言葉にミレイユは密《ひそ》かに胸をなで下ろした。

実は少しだけヘンリーに会うのが怖かったのだ。

無理矢理押し倒されたことが未だに身体の芯を震わせている。

彼に会わなくて済むのだったらこんなにありがたいことはなかった。

それからは、ジルとミレイユの婚約を祝福してもらい、少しだけ談笑もした。

ミレイユの幼い頃に話が及んだときは「ミレイユは幼い頃から可憐《かれん》な子でな。一目見た瞬間、私が気に入ってしまったんだ。だから、是非うちの息子に、とニルスに頼み込んで……」とミレイユも知らない裏話を聞かせてもらった。

「それでは、私たちはこれで」

ジルがそう言ったのは謁見の間に入って三十分ほどが経《た》った頃だった。

彼の言葉に国王も「そうだな、そろそろ」と入り口を守っていた兵士に目配せをする。

すると兵士が謁見の間の扉を開けた。

二人が一礼してその扉の方に向かおうとしたときだった。

「ジル殿は残ってくれ。少し話したいことがある」

国王がそう言ってジルだけを引き留めた。「先に行って待っております」とミレイユが微笑《ほほえ》むと「悪い」とジルも苦笑いを浮かべる。

それから兵士に先導されるように謁見の間を出て、それから使用人の女性にミレイユは引き継がれた。

「こちらです。ミレイユ様」

ミレイユは使用人の女性に促されるまま付いていく。

久しぶりというわけではないのに、なんだかまったく新しい気持ちで、ミレイユは王宮の中を歩いた。

それもこれも今回勇気を出してここに来たから得られた感覚だった。

国王に認められ、祝福された。

たったそれだけのことなのに、ジルと自分の関係が国中の人間に認められたような気がして嬉しくなったのだ。

（これで、死ぬ運命からは逃れられた……のよね？）

ミレイユは爪先に視線を落とし、そう考える。

ドロシーは国外に逃げて、ヘンリーは軟禁状態。

この状態では少なくとも二人がミレイユにあらぬ罪を着せて投獄するなんてことはできないだろう。

それに今のミレイユにはジルというこれ以上無い心強い味方がいる。

（きっと彼といれば――）

そう思ったところで、ミレイユははたと足を止めた。

「私は今、どこに向かっているのですか？」

そう聞いてしまったのは、そこが王宮の深部だったからだ。

王家の者が暮らす場所で、プライベートな場所。

立ち入れる者は限られており、ミレイユにはその資格はついぞあたえられなかった。

振り返った使用人の顔は真っ青になっていた。

彼女は胸元で両手を握り締めながら唇を震わせる。

「すみません、ミレイユ様……。私も母を助けたいのです」

「なにを――」

それ以上は何も発することができなかった。

ミレイユの隣にあった扉が突然開いて、誰かが彼女の手首を持ち、部屋に引っ張り込んだのだ。壁に押しつけられ、悲鳴は手で塞がれた。

直後、鍵の閉まる音がする。

「はぁ、はぁ」

荒い呼吸音が聞こえて、ミレイユはいつの間にか閉じていた瞼《まぶた》を開けた。

するとそこには、顔色の悪いヘンリーの顔があった。

よく眠れていないのか目の下にはクマがあり、瞼は落ちくぼんでいる。

あんなに綺麗《きれい》だった金髪も今はくすんでいるように見えた。

突然現れた彼にミレイユが怯《おび》えた視線を向けていると、彼はゆっくりと口元を歪《ゆが》ませた。

「久しぶりだな、ミレイユ……」

その声色には言い知れない憎悪が乗っていた。

彼に冷たくあしらわれたことはあるし、厳しい言葉を向けられたこともあるが、ここまでの負の感情を向けられたのは初めてである。

「聞いたよ、婚約したんだろう？　しかも相手はあの、帝国のクソ野郎だっていうじゃないか！　おめでとう。お似合いだよ、二人とも」

そう言うヘンリーの目は少しも祝福しているようには見えない。

それどころか、彼の目は小さく小刻みに震えており、それを見るだけで彼が通常の精神状態ではないということがわかるようだった。

ヘンリーの手が口元から離れ、ミレイユの首に掛かる。

「おめでとう！　おめでとう！　おめでとう！　――なんで、お前だけが幸せになっているんだよ！」

「――ぅぐ」

気道と声帯が一緒に押しつぶされ、情けない音が口の端から漏れた。

呼吸ができないからか脳に酸素が行き渡らなくなり、ミレイユの視界は霞《かす》む
「軟禁状態になっているはずの僕がどうしてここに居るか不思議か？　不思議だよな。僕もな、ドロシーに倣って人のことを使うという事を憶えたんだよ。えらいだろう？　褒めてくれよ！」

ヘンリーから狂気が迸《ほとばし》っていた。

ミレイユは彼の腕に爪を立てて必死に抵抗する。

けれど彼はその手の力を緩めるどころか、更に両手で彼女の首を押さえつけてきた。

「――っ！」

ミレイユはもがく。

必死に足をばたつかせると、意図せず膝が彼のみぞおちにめり込んだ。

瞬間、彼の手が離れ、ミレイユはその場に崩れ落ちてしまう。

喉を押さえ咳《せ》き込《こ》む。

その間に、ヘンリーはお返しといわんばかりに座り込むミレイユの腹を蹴った。

肺に入っていた空気が全部外に出て、空気が吸えなくなる。はくはくと口を動かしながら腹部を押さえていると、近寄ってきたヘンリーに髪の毛を掴まれた。

「そこでへばるなよ。立て！　お前にやってもらいたいことはそれじゃない」

そうして彼はミレイユを引きずるように部屋の中心に向かった。

そこはどうやら応接室として使われている部屋らしく、真ん中のローテーブルを挟むように左右にソファが置いてあった。

彼はミレイユの上半身を乱暴にローテーブルに押しつけた。

ヘンリーに臀部を向けるような形になったミレイユは突然のことに声を失っていたが、彼の手がスカートをまくり上げたのを感じて、思わず声を上げてしまった。

「いやぁ！　やめてくださ――」

叫び声を上げようとしたところで再び口元を塞がれた。

ハンカチを口に詰められて、腕を後ろに捻《ひね》り上げられる。

「ん！　んん――！」

「お前が、お前が全部いけないんだ。お前が俺から離れていくから、僕はこんな事になったんだ！」

ヘンリーの手がミレイユの下着にかかって、どうしようもない吐き気に襲われる。

抵抗らしい抵抗はできなくて、いやいやと顔を振るが、それも押さえつけられた。

（このままじゃ――）

「王太子の座だって！　ドロシーだって！　お前のせいで全部全部無くなったんだ！　なんなんだ！　お前と結婚しないと王太子になれないなんて！　なのにお前は勝手に婚約して！　俺から離れて！」

「んん――――！」

「お前が孕《はら》むまで犯し続けてやる。子供ができれば父上だって、きっと――――」

シュミーズがずるりと降ろされ、かさついた彼の指がミレイユの臀部に触れた。

気持ちが悪い。気持ちが悪い。気持ちが悪い。気持ちが悪い。

もう駄目だと思った瞬間だった。

部屋の扉が唐突に破られた。そこにいたのは――――

（ジル様！）

肩で息をしているジルだった。

彼はローテーブルに押さえつけられているミレイユを見た瞬間、目をこれでもかと見開いた。

「何をしている――――！」

こんなに怒ったジルを見たのは初めてだった。

ジルはヘンリーをミレイユから引き剥《は》がすと、彼の顔に拳を叩《たた》きつける。

その衝撃でヘンリーは床を転がり、壁に背中を打ち付けた。

「ぅぐ」とカエルが潰れたような声がする。

ジルはミレイユの隣に膝をつき、彼女の口からハンカチを引っ張り出して、抱きしめた。

「大丈夫か？」

「はい……」

流れそうになった涙も、嗚咽《おえつ》も、全部ジルのシャツに吸い込まれた。

「一人にして、悪かった……」

ミレイユが首を振ると、ジルは更に強く彼女の事を抱きしめてきた。

よほど焦ってきてくれたのだろう、彼の身体はまるで炎のように熱かった。

床に倒れこんだヘンリーは頬を押さえながら起き上がる。

そして、信じられないものを見るような面持ちでこちらを見た。

「お前は！　お前は！　お前は！　自分が何をしているのかわかっているのか！　俺はこの国の――」

「お前こそわかっているのか？」

ジルは低い声でそう言いながらミレイユの肩を支えて立ち上がった。

「彼女はもう俺の婚約者だ。その婚約者を無理やり襲ったんだ。この意味がわかるか？」

「それは――」

「俺は彼女を守るためなら貴国と戦争することも厭《いと》わない。お前は今、国王も誰も望まないことをしようとしていたんだぞ？」

ようやく事態が飲み込めたのか、ヘンリーは息を呑《の》む。

そして尻を床にこすりつけるようにしながら、こちらから距離を取った。

「このことは俺から国王に説明しておく。君にはきっと後で正式な罰が下るだろう。……覚悟しておくことだな」

ヘンリーの顔が青ざめる。そんな彼の顔でさえもうミレイユには見せたくないというようにジルはミレイユの肩を引き寄せた。

「行こう」

「……はい」

ミレイユは呆然《ぼうぜん》とするヘンリーを一瞥《いちべつ》した後、ジルの身体に身を寄せるのだった。

それからヘンリーは廃嫡という流れになった。

さすがに廃嫡までは……と悩んでいた国王の背中を押したのは、いうまでもなくミレイユを襲ったあの出来事だった。

事の顛末《てんまつ》をジルや、周りにいた使用人から聞き、国王はこれはもう駄目かもしれないと考え

を改めたらしい。

ヘンリーには辺境の地に屋敷と使用人が与えられ、そこで療養することとなった。

療養という話になったのは、彼が阿片中毒を起こしていたからだ。

おそらくドロシーに勧められてはじめたのだろうと、国王はこれまた頭を抱えていた。

（だから、言動がおかしかったのですね……）

ミレイユはその話を聞きながら、ヘンリーの狂気の目を思い出していた。

ヘンリーが軟禁していた部屋から抜け出した方法は、ミレイユを部屋まで連れて行った例の使用人を使ったらしい。

ヘンリーは彼女に、部屋の扉を守っている兵士たちに睡眠薬入りのお茶を差し入れるよう言った。指示を出したのは彼女がヘンリーの部屋を掃除しに来たときで、彼の部屋の前を守っていた兵士たちは目論見《もくろみ》通りにその場で眠ってしまったという。

ヘンリーはその隙を突いて外に出たらしいのだ。

「ヘンリーに協力した使用人の母親は元々病弱で、毎月かなりの医療費がかかっていたらしい、城に勤めていても給料は医療費に消えるばかりでどうしようかと悩んでいたところ、ヘンリーが母親の治療費を出してやろうと名乗り出たらしいのだ」

国王はミレイユたちに事情を説明する際、そんな風に使用人のことも話してくれた。

曰《いわ》く、使用人の女性はそのことでヘンリーに大変感謝し、彼の言う僅かなわがままを聞くようになった。しかし次第に要求はエスカレートし、最後には犯罪の片棒を担ぐようなことまでさせようとしてきたらしい。

そこまで来てようやく彼女は拒絶した。

『それなら今まで掛かった医療費を払え』とヘンリーが言ってきて、どうにも逃げられなくなったらしいのだ。

同情を禁じ得ない彼女の事情にミレイユは心配そうに眉を寄せた。

「彼女は？」

「さすがに城からは追い出したがな。別の職は斡旋してやった。彼女が道を踏み外したのは、元はといえばヘンリーのせいだからな」

結局使用人の女性は、ミレイユのことを部屋まで案内した後、中から聞こえる物音と物騒な声に、慌てて人を呼びに行ったという。

自分のせいでミレイユが殺されてしまうかもしれないと思ったらしい。

そこにちょうど居合わせたのが、ミレイユの事を探していたジルだったのだ。

そうして使用人の案内でジルが部屋に飛び込み、ミレイユは事なきを得たという。

「今回は本当に申し訳なかった」

国王は最後は父親としてミレイユにそう深々と頭を下げたのだった。

(これで、死ぬ運命から完全に逃れられたのかしら……)

ミレイユがそう思ったのは、皇帝の話を聞くために呼び出された王宮からの帰り道だった。馬車の窓から外を見ると、先ほどまでいたはずの大きな王宮が見える。

奥には地平線に沈む太陽があって、その光景はどこか幻想的に見えた。

(あそこで私は、きっと何度も死んだのよね……)

憶えているのは二度だが、もしかするともっと沢山の死を彼女はそこで経験したのかもしれない。沢山の涙をそこで流したのかもしれない。

ミレイユが襲われた日からもう数日が経っていた。

国王の六十回目の誕生日式典もつつがなく終わっており、二人が帝国に帰るはずだった日にちもうとうの昔に過ぎてしまっていた。

ミレイユのどこか憂いを帯びた視線が気になったのか、正面に座っているジルが彼女の手を取った。

「どうかしたか?」

「え?」

「考え事をしているように見えた」

ジルの言葉にミレイユはしばらく考えるようにした後、口を開いた。

「私たちの夢って結局なんだったんだろうって思って……」

誤魔化《ごまか》したわけではなかった。

結局のところ、それがミレイユの悩みだった。

自分の前世は一体いくつあったのだろう。

一体いつまで自分は死の影に怯え続けなければならないのだろう。

「ミレイユ、こんな昔話を知っているか？」

彼の声にミレイユは顔を上げ「昔話？」と言葉を繰り返した。

「あぁ、昔話だ。……この地にはかつて神様がいたそうだ」

ジルはミレイユの手を優しく撫でながら、訥々《とつとつ》と一定のリズムで語りだした。

「その神は人を愛し、人からも愛されていた。信仰され、あがめ奉られ、乞われていた。特に神は一人の少女のことを気にかけていた。自分に祈りを捧《ささ》げる事をいつだって忘れない、とても優しい、可憐な少女のことを。神は彼女の事を愛していた。母が我が子を愛するように、大切にしていた」

どうしてそんな話をするのかわからないまま、ミレイユはジルの話を聞いていた。

「やがて少女は大人になり、牛飼いの青年に恋をした。また青年も可憐な少女の事を愛した。二人は幸せだった。これ以上無いぐらいに幸せな時を過ごしていた。神も二人を祝福していた。しかし、その幸せも長くは続かなかった。二人の住む山小屋に山賊が押し入ってきたんだ」

「そんな……」

「その時、山小屋にいたのは少女だけだった。少女は山賊によって殺され、青年は少女の遺体を見つけたあと、後を追う形で自ら命を絶った。怒り狂った神は山賊に天罰を下し、消えゆく少女の魂に祝福を授けた」

「祝福?」

「来世でもそのまた来世でも、彼女の魂が幸せでありますようにと。いつか還《かえ》ってきた青年の魂ともう一度巡り会えますようにと。神はその直後、自身の力をすべて使い切ってしまい死んでしまった。元々そんなに強い力を持った神ではなかったんだ」

話がどう向くのかわかり、ミレイユは息を呑んだ。

「翌年、その国に女の子が生まれた。彼女は神が愛した少女の魂を持つ少女だった。彼女は魂に刻み込まれた神様の祝福どおりに幸せに生き、沢山の人に囲まれて、大往生でこの世を去った。しかし、彼女は生前言っていたそうだ。『私は何度も死にました。馬車にひかれたこともあったし、川で溺れたこともあった。しかしその度に私は時を戻りもう一度人生をやり直してきたのです』と」

「それは……」

イユは言葉を失った。

まさかそんな昔話がこの国に存在していたなんて、想いもしなかった。

ミレミレイユは言葉を探すように視線をさまよわせた後、慎重にこう発した。

「もしかして、ジル様はそれが私だと思っているのですか？」

ミレイユとしてはこれ以上無いほどに重い言葉だったが、ジルは困ったような表情で

「さぁ、どうだろうな」と答えただけだった。

「もし理由が必要ならば、こういうのがあるぞ、というだけだ。それで君の疑問が晴れて、心が軽くなるなら、俺はそれでいい」

ジルはミレイユの手を握る手の力を強める。

「ただ一つ言えることがある。ミレイユ、君は俺が必ず幸せにする。そこには神も何も関係ない。……それだけだ」

ジルの言葉がじわじわと染みて、幸せに溺れて呼吸ができなくなる。

せり上がってきた感情が瞳から一つ零《こぼ》れて、唇からも想いが溢《あふ》れた。

「愛しています」

「あぁ、俺も愛している」

きっと神の祝福がなくても、これからの自分の人生はきっと幸福だろう。

交わした唇に、ミレイユはそう確信していた。

終章

それから半年後、ミレイユとジルの結婚式は帝国内で盛大に行われた。

ジルのことを英雄として慕っていたのは城の中の人間だけではなかったようで、二人の結婚式当日は国中でお祭りのような騒ぎになっていた。

皇帝にどうしても請われ馬車で帝都内を回ったのだが、沿道で手を振る人の多さと歓声にミレイユは終始圧倒されっぱなしだった。


そして、気がつけばあっという間に夜になっていた。

いわゆる、――初夜である。

「ジル、さ、ま。ジルさま、じる……」

ミレイユはうわごとのようにジルのことを何度もそう呼びながら、ゆさゆさと揺さぶられていた。身体を重ねるのが久しぶりというわけではないのに、彼女は毎回ジルに頭も身体もぐちやぐちゃにされてしまう。

更に彼が今日はいつになく奥を抉《えぐ》ってくるので、もう理性が限界まですり切れていた。もう自分が何を口にしているかもよくわかっていない。

「ミレイユ……」

ジルがくるしそうにそう呻《うめ》いて、先端をミレイユの奥にぐりぐりと押しつけてきた。そして一度引いて、また最奥を抉った。それをゆっくりと、何度も繰り返す。

「あ、あ、ぁ、ん――」

「んっ。……ようやく、全部入るようになったたな」

ジルがミレイユの腰を掴みながら嬉しそうな顔でそう言う。

「全部?」

「全部、だ」

ジルは慈しむようにミレイユの腹を撫でた。

ジルが触れている場所は彼のモノによりぷっくりと盛り上がっている。

それを見ているだけで、もう恥ずかしくてどうしようもなくなった。

ジルはゆっくりと己を引き抜く。

ギリギリまで引き抜いたあと、それ以上の時間をかけて、またミレイユの中を押し上げた。

「あぁ……、んんっ！　あ――……」

それをジルは何度も何度も執拗《しつよう》に繰り返す。

ぬちゅぬちゅという湿った水音が、一定のリズムで部屋の中に広がった。

きっとそれはミレイユの身体を気遣った行動なのだろう。

初めてジルのすべてを収めた身体を、これ以上苦しめないように彼は優しく彼女の事を抱いているのだ。

しかし、中をこすられている彼女からすれば拷問のような時間でもあった。

だってこれじゃ、イけない。達することができない。なのに、ジルが動けば動くほど快楽はミレイユの中に溜まり続け、頭をドロドロに溶かしていく。

「あー……んんんっ。んぁ……、ぅ」

「んんっ」

ジルだって、本当はもっと乱暴にミレイユの中をかき混ぜたいと思っているのだろう。

いつものように少しだけ乱暴に。

それは少し苦しそうな彼の表情を見ても明らかだった。

しかし、彼は己の自制心を総動員して我慢してくれているのだ。

全てはミレイユへの愛ゆえに。

（だけど――）

それだけじゃ、物足りない。いつものようにいっぱい突いて欲しい。

ミレイユはジルに向かって両手を伸ばす。

すると彼はその意図を汲《く》んで覆いかぶさってきた。

そんなジルの首に腕を回すと、ミレイユは耳元でこう囁《ささや》いた。

「ジル、さま」

「ん？」

「――もっと」

だって、彼に我慢してほしくなかったのだ。

だって、彼を奥に感じたかったのだ。

だって、苦しかったのだ。

ミレイユの言葉にジルは彼女のことを抱きしめながら、しばし固まった。

（もしかして、はしたない子と思われたかしら……）

「どうして、君は――」

「ジル、さま？」

「あまり煽《あお》るようなことを言わないでくれ。これでも一応、ギリギリなんだ」

その言葉に愛を感じて、ミレイユは嬉しくなる。

ミレイユはジルの背中に手を回し、微笑みながらこう囁いた。

「貴方《あなた》の全てを受け止めたいと思うのは、だめ、ですか?」

瞬間、彼が息を呑んだのがわかった。

「ひゃ!」

肩を押されるようにして、ベッドに押し付けられる。

そのまま彼はミレイユの上で荒い呼吸を繰り返したあと、「悪い」と耳元で囁いた。

それから始まった抽挿は、今までとは比べ物にならないぐらい乱暴だった。

「あ、あぁあぁ、あぁ、あぁ!」

大きくて太い彼の杭が容赦なくミレイユを責め立てる。

それはミレイユが望んだものであり、ジルが我慢していたものでもあった。

荒々しい二人の呼吸は重なって、唇を合わせる。

「すき、です。すき。すき」

「あぁ、俺も、すきだ。ミレイユ」

言葉ではあるがそれらの並びに意味はない。ただ互いが互いを求めていることだけがわかるだけの言葉が二人の間を行き交った。

「ミレイユ、愛している」

だけどその言葉だけは、確かな感情と色を伴ってミレイユの耳に届く。

嬉しくて涙が出そうだった。

いや、もしかすると泣いていたかもしれない。

ミレイユはジルの頭を引き寄せて、自らキスをした。

「私も愛しています」

あとがき

胸の大きな子は好きですか？　私は、メロンもちっぱいも大好きです!!!!!

導入から突っ走っていて、すみません。あとがきなので自由に書いてしまおうと思った結果、皆様の胸の好みを聞くことになってしまいました。申し訳ありません。反省しております。

さてさて。胸にこだわりがあるわけではありませんが、胸をテーマにしたTLを書くのはこれで三度目になります。ならば慣れたものかと聞かれたら、先行の二つはメロンの話だったので、まったく慣れてはいなかったですね。でもまぁ、女の子の胸には、ささやかだろうがメロンだろうが、夢がいっぱい詰まっていますので書くのは楽しかったです。

最後になりますが、この本を出すにあたって尽力してくださった皆様と読者の方に御礼を。

ありがとうございました。これからもよろしくお願い致します。

秋桜ヒロロ

蜜猫 Mitsuneko Label F

蜜猫Ｆ文庫をお買い上げいただきありがとうございます。
この作品を読んでのご意見・ご感想をお聞かせください。
あて先は下記の通りです。

〒102-0075 東京都千代田区三番町８番地１三番町東急ビル 6F
(株)竹書房　蜜猫Ｆ文庫編集部
秋桜ヒロロ先生 / みずきひわ先生

私の胸を大きくしてください！
断罪を避けようと頼ったら隣国の皇子様に溺愛されました

2024年5月29日　初版第1刷発行

著　者　秋桜ヒロロ　©AKIZAKURA Hiroro 2024
発行所　株式会社竹書房
〒102-0075
東京都千代田区三番町８番地１三番町東急ビル 6F
email : info@takeshobo.co.jp
https://www.takeshobo.co.jp
デザイン　antenna
印刷所　中央精版印刷株式会社

番《ツガイ》の加護を刻まれて
竜帝陛下に嫁いだら、
激重な愛が
待ってました
御厨 翠
Illustration ウエハラ蜂
俺の愛は
想像以上に重いぞ
不治の病で寝たきりだった王女アンリエットは娘を想う両親の頼みでやってきたレーリウスの皇帝、ヴィルヘルムの番となる〝誓約紋〟を刻まれることで回復に向かう。レーリウスは竜と共存し、不老長寿の加護のある国だった。二年後、健康になったアンリエットは誓約どおりヴィルヘルムに嫁ぐ。「アンリエット。俺の、俺だけの番だ」孤高の皇帝に熱く愛され幸せな彼女だがヴィルヘルムの弟はよそ者の花嫁に敵意を向けてきて!?
蜜猫F文庫